[日] **佐野洋子**
———————— 著

陈系美
———————— 译

我可不这么想

私はそうは思わない

北京联合出版公司
Beijing United Publishing Co.,Ltd.

我差不多读过佐野洋子（我能找到的）所有中文版作品。像很多的热情读者一样，一旦迷恋上一个作家，就会四处找寻和收集她的文章，完整的文本固然不能错过，哪怕是只言片语的断章、对话集，我也找来看了。

老太太有种潇洒的痞气，下笔帅死了。摘抄几个标题给你们看看：《漏水的茶壶没有明天》《因为是大屁股的勤奋者》《"我可不这么想"》《不是这样哦》《母亲穿着石膏味的白鞋去哪里了？》《暂时不想参加葬礼》……有一篇刚写开头，她尿涨去上厕所了，接着，尿完她就开始顺势写起小便来了！她写她小时候，在泥地上随意找一处小便，尿出一个小凹处，蚂蚁爬进去淹死了，后来干脆直接找蚂蚁窝尿。然后小哥哥也跑来了，挤开她，掏出小鸡鸡，把尿也准准地尿进那个小蚂蚁窝里。

这个小哥哥在十二岁时，因病而死，他有一双很大很深的眼睛。晚年罹患癌症，被切了乳房的佐野洋子，又开腿坐在马桶上，想着和她一起抢蚂蚁窝尿尿的小哥哥，记忆永远停留在童年。一个将死之人，怀念六十年前死去的人，没有一丝贫弱的感伤，只是想着："真想找好多蚂蚁窝给他尿尿啊！"

她真是肆无忌惮，全是信手拈来，常常写着写着就这么走神了，一点儿都不照顾读者的阅读线索，文思像个小孩子走路，忽而跑你前面，忽而随后，忽而又不见，然后你没法真和她生气，甚至，最后我发现，她的走神处，居然都是她的最可爱处。

她从心到口，都是一条直线（一般作者面对想象中的读者，要不断避让道德暗礁，做路线调整，害怕三观不准，触怒读者，又有一部分"吐槽文"作者，是专对着怒点写，以博取眼球，而佐野洋子是压根就不把读者放在眼里），她就像某种歌手，往台上一站，就是一副"老子怎么唱他们都会喜欢听"的气势。我一边读一边骂："你真敢这么写啊？"太安全的写法，往往乏味，她这个痞子气，倒像是又萌又坏、童言无忌的小朋友，带着反派的迷人感。

但是，我到阅读她的文学作品很久之后，才开始系统看她的绘本。我几乎已经忘记：她是绘本画家出身，武藏野美术大学毕业，留学德国，也只是为了进修版画。最近我在安藤雅信的书里看到，当年，考美术大学并非易事，而佐野洋子的全部生活费是来自她那个脾气乖戾的寡母，可见她求学生涯颇为艰难。

第一次，我仔细地审视了作为画家的佐野洋子。说句实话，可能是因为学版画出身，她的笔触粗粝猛烈，而大多数为儿童作画的绘本画家，笔法都是非常清新柔美的。这一路，处处赔着小心，温柔地设下重重机关，力图以春风化雨，把爱与美植入儿童的稚弱心灵。

佐野洋子可不。她的画一点儿都不精致，看上去像只抓兔子的隼一样，凌厉地扑下来，完全不讲究动作的美感，却抓到了最重要的猎物，也就是作品的意义核（其实，佐野洋子的文字，也像她的画笔一样，没有精细的炼字，那个用词，看上去简直是随手抓来的），她那本一气写出，卖了几百万本的《活了100万次的猫》，一直为人所津津乐道。

她笔下常常出现一种形象——似乎是个婴儿，光溜溜或穿很少、肚子鼓鼓的（婴儿的内脏是下垂的），又像一个文明开始前的几十万年前的原始人：脸，是一张非高贵品种的野猫脸，眼睛也像猫一样斜睨着、乱发如飞蓬——动物凶猛的兽力、辛辣老熟的智慧、婴儿的天真原气……合成了她的气息。

这就是她，每本散文集后面，那个发声的女人，那个在中国出生，与家人回日本长大，哥哥弟弟都病死，父亲早逝，母亲因此发了狂，动辄暴躁骂人，就是这样一个在粗粝破败环境中摔摔打打长大的野性十足的佐野洋子，我终于有了一张她的照片，不是在履历文件里，也不是在书籍扉页上，而是，在她的画里。从此，我读她的时候，那个在我脑海中盘旋的被称作"佐野洋子"的形象，终于附了形，如魂魄，找到了安放它的形。

佐野洋子的没心没肺里，有着暗黑的核心，而这个多层次、多维度，才是她吸引我之处。

让我们从她生命的源头看起：佐野洋子的母亲，一点儿都没有我们默认"母亲"这个身份概念下的柔情、温婉、护犊情深，相反，她硬冷、尖刻、寒气逼人，连我这个读者看着都发寒。

佐野洋子回忆中唯一的温情时刻，是母亲擦完发油，喊她过去，把多余的油分抹到她头上，也就是拿她当作一个移动卸妆纸巾？因为这是母亲和她唯一的身体接触，会让她无限回味……这个细节总是让我想哭。饿极了、渴极了，可是没有爱的甘露，一滴都没有。到老了，母亲痴呆了，变成了佐野洋子的孩子，那温情，才一点点生出来——她不爱母亲，因为对方如同爱的绝缘体，一个铜墙铁壁的冰窟，或冰冷光滑的井壁，根本无处去进入，去落脚。

有种说法是把佐野洋子面对癌症的"潇洒"理解为勇斗癌魔的乐观无畏，就像当年把麦卡勒斯塑造成一个身残志坚的美版张海迪一样，怎么可能呢？佐野洋子根本就不是心灵鸡汤倡导的阳光积极，她自小就近距离目睹死亡，一次又一次。幼年她作为战败方眷属，在中国度过，她最爱的小哥哥，死于配给不足的营养不良，弟弟也紧接着死去，还没得及长成一个成年人的模样。她在半夜翻过无人的山丘，穿过漆黑的荒山，去拍医生的门，眼看着母亲被一个接一个死去的孩子刺激地狂哭。她太清楚，就算人死了，来年的花也会继续开，星星会发光，雨会落下，没什么大不了的……这是她从小层层积累的死亡经验。

佐野洋子长年患有重度抑郁症，临死前她和医生讨论死后事宜，也带着一种疏离的不在场感，好像自己的死亡都是隔岸的——她们就死亡做了一个对谈。医生说："有太多人对死亡毫无概念，所以你要多写一些关于死亡这件事。"佐野洋子说："我也是因为自己快死了，才有了一点儿经验。毕竟是第一次（死），我也想好好观察一下。"她诚实地记录着自己最后的时光：医生说她还能活两年，她立刻一掷千金地买了捷豹汽车，结果过了两年还没死，她想："怎么办？钱都快花完了……"化疗掉头发，她剃光头，对着镜子照照："顶着这张脸过了几十年，我真是坚强啊，不过！秃头才知道，原来我的头型这么美！"

她那么成熟睿智，饱经人世沧桑，洞晓一切世情，让人觉得她有一百多岁了，可是，她又那么新鲜勃发，好像昨天才刚刚出生，也许，她今年五岁？

她写过一本《五岁老奶奶去钓鱼》，说的是一个老奶奶过生日，只有五根蜡烛，那就过五岁生日吧，第二天，老太太和她的小猫孙子去钓鱼，路过一条宽阔的大河，老太太站在河边，再一想："我是五岁啊！"哗，就跳过去了。

这个故事……？什么嘛，有没有一点儿逻辑啊？但是，在佐野洋子这里，一点儿不错，就这样了。她既不温柔也不讲道理，可是，没有人比她更对了。五岁？一百岁？本来就是"相形不如论心"。

又有一篇写她看杂志访谈，记录日本的老年人，不是勤奋的匠人，就是四点半起床的老太太，"还有八十岁的老先生，多年坚持照顾瘫痪的老太婆"，佐野洋子说："也从来不说老婆的大便很臭，全日本都没有一个颓废不幸、对社会毫无贡献的老人吗？真让人沮丧啊……"我笑得半死，想起我和我的"豆友"们，辛辛苦苦地避开堂皇讲演的微博、密布励志正能量的微信朋友圈，只想躲在豆瓣网，来个精神上的"葛优躺"，理直气壮地做个没有目标的人。

佐野洋子处处都"不正确"，但是处处都"对"。这个奇妙的落差，造就了原始生命的生机勃勃。我们内心被禁锢的某种真实感，被她打开和释放了。痛快淋漓！终于有人敢大声地发出心声了。

不仅是她，深想一下，汪曾祺作品中有人情味的老鸨，契诃夫笔下有善良的囚犯，毛姆书中有纯洁但寡情的少女，特吕弗镜头里有永远的三人行……这些都"不正确"，但是"对"。情节如行云流水，有种自身的生长逻辑。故事不吻合道德律，谈不上行止端正，但能做平情境公式，即以人物的性格，在当时的剧情走向下，只能发生这个行为。

最好的文艺作品，都是"对"的，而那些"正确"的并不一定好看。那些"正确"，不是在真实的土壤中长出来的，而是在道德护持下，由逻辑和思辨推出来的，漂亮的思维体操，它们相当于真空条件下的实验室数据，在生活中根本没有操作性。在辩论中，"对"打不过"正确"，"正确"一脸凛然地站在道德高地雄赳赳气昂昂地教训别人，"对"的声音很微弱，可周围的人，却越聚越多。

佐野洋子是个天才。

天才是什么呢？大约有这么几个特点：忽大忽小，天才都是把一颗老灵魂，混上一颗童心，揉为一体，她就是"五岁老奶奶"，五岁哦，但又是老奶奶；无翼而来的天分，看不到清晰的成长线，所谓"提笔即老"，麦卡勒斯、张爱玲写出最成熟的作品时，都只有二十多岁；不是技术化的、均质的好，就算水平发挥有起落，也不影响它的光彩，也就是说，即使在她写得不好的文章里，那种天才的气场，闪闪发光的只言片语，仍然能把整个黯淡的文本照亮。

近年来鸡汤盛行，佐野洋子和树木希林一样，也属于被鸡汤化误读的一拨人，但事实上，她们的价值，就在于"不规则，不标准"——我怀疑，她们的答案中也有疲倦松懈时的信口乱说，在她们的对话录、访谈录及文章中，时不时地，也能看见前后矛盾的表达和立场。佐野洋子的儿子说他妈关于他的回忆是虚构混杂的，与他记忆中的事实有点不同，还有一次（忘记是谁说的了），说是《静子》中洋子和母亲和解的段落，也有点言过其实。

我觉得这没什么问题，这就对了嘛，活着，又不是每天参加一次高考，酷，也不可能是一张打铃收卷的答题纸。快节奏时代的酷，是综艺节目里，应试作文般的酷，心里是一个答案，交上去是另外一个，因为都知道什么行为会加分，比如你要做情感专家，给人家提供人生指南，你就必须强调男女平权、亲人和睦等，这都是应考大纲，无关个体当下鲜活感受和真实的经验积累，必须持这种态度，才能迎合读者，就和提供对口服务是一样的，这种活在他人判断体系里的酷，不是真酷。

佐野洋子说："我讨厌所谓的正义，无论是向左向右，还是向上向下，还有斜的。"我相信她也特别讨厌一成不变、心口不一的标准答案，她的酷，不是经过思想整容、形状工整的酷，像意见领袖喊口号、鸡汤文写手写语录那种，她就是把此时此刻的心理，包括即兴想象出来的心里事实，那张答题纸直接交出来，童言无忌，没有两张答题纸。

她并不掩饰衰老、疲沓和倦意，佐野洋子长年罹患重度抑郁，她说要没有儿子她早自杀了。她被生活磨折和消耗，也没有过剩情绪引发的战斗激情（年轻化的力量感，多半是这种戾气横生），她的力量感，是更丰富、更浑浊，有时也会有来回踱步的成年质地的酷。

鸟儿何以能飞得高，飞得远？因为，它们的骨架是中空的，如果你想得到真正的自由和广阔的远方，一定不能背着两张答题纸，那样的话，自重太大了。真正的酷，也是这样的，在放松之中，达到生命最严肃的内核。她粗粝的画笔、看似信手拈来的文字，应该就是这样。

目录

01 **代前言** 自问自答

1

CHAPTER

002 大我两岁的哥哥
004 因为是大屁股的勤奋者
008 原野也有楚楚动人的花
012 遇见独一无二的他，我是最幸福的人
016 终于习惯后，女人会……
018 或许夫妻就是这样吧
020 嫁去梯田上的家
022 女人一次都没起来
024 原来是原野的原
028 月亮终于在土墙上露脸

2 CHAPTER

034 整团乱糟糟直接带进坟墓

040 反倒做起料理来了

045 正确的帝国宾馆

048 孩子只要活着就好

051 不，我想吃哈密瓜

055 "野野宫"拿来"天使的道具"

058 杏桃无花果香蕉树

062 漏水的茶壶没有明天

065 身体不适去泡汤疗养

067 用油漆画出的蓝天，闪亮亮万里晴空

071 为了听父亲夸我是"机灵的孩子"，我总是很机灵

073 "我的人生很完美"

075 谁都不要再发明方便的东西了

078 天气比较伟大

080 做"那档事"就会生小孩？

082 生气时觉得自己是正经的人就有精神了

084 一脸蠢样像窝囊废盯着电视的日本少年啊

087 空白地图宛如巴哈

089 艺术并非义务

092 远处传来枪声

096 这里也是东京

098 只要够铺棉被的空间就好

102 厕所是在地上埋一个大型圆瓮

104 早上儿子起床眼圈沾了银粉，活像郊区的酒吧牛郎

3 CHAPTER

108　越来越搞不懂

120　"我可不这么想"

124　理想的孩子一个也没有

128　难以选择

131　原本以为雪是纯白的

133　无法笑得一如往昔

135　小孩终于长大成人

139　又湿又脏的手，从脖子伸过来

144　学校不有趣，但也不无趣

147　咦！已经二十三年了啊

150　迟钝的骄傲自大正是年轻本色
　　　　——给二十岁的佐野洋子小姐

153　为什么我们家的孩子最可爱

157　你希望我成为什么样的人

159　啊，这只狗的爸爸是腊肠犬

4 CHAPTER

164　种大波斯菊的是不开心的中年父亲

169　不知不觉滥用身为姐姐的蛮横

172　我大吃一惊，原来母亲也当过小孩

175　头也不回地分手吧

179　母亲穿着石膏味的白鞋上哪儿去了？

181　回到内地想吃白米饭配鲑鱼

185　我想再吓得打寒战

187　摩擦膝盖

191　暂时不想去参加葬礼了

195　你家根本没有青鸟

201　猫咪愿意这样吗？

205　小鸟在天空飞也不觉得可怜

5

CHAPTER

212 很好很好，就这样就这样——森瑶子《不被邀请的女人们》书评

219 哎呀，我不懂哦——小泽正《小猪捉迷藏》书评

223 宛如生的鳕鱼子被扒掉了薄皮——山田紫《看到满天星星》书评

228 我大吃一惊——论"长新太"

233 "虎五郎"吃的肉包一定更好吃——小泽正《醒醒吧，虎五郎》《约定是约定》

237 心情会立刻变好的书——田边圣子《请给我风》

241 爱人是一种能力——亨利·米勒的情书

245 不会毁灭的石头建筑才有的故事——艾莉森·阿特利《时光旅人》

248 蓦然起身，思索八十岁的孤独如何是好——高野文子《绝对安全剃刀》、谷川俊太郎文／三轮滋绘《奶奶》

253 **后记**

Q: 小时候最悲伤的是什么？

A: 我认为能命名为"悲伤"的感情，不是单靠"悲伤"形成的。我有个一心同体、感情好到不像话的哥哥，他在我十岁的时候死了，但这并非只是"悲伤"，一定是更难以言喻的感情，但说它是"非常深沉的悲伤"或"最大的悲伤"也不对。那时，我整个人呆掉了，看着哥哥死掉的脸，心想"怎么会这样"，然后哇哇大哭；哭得像搞丢了非常重要的东西，再也要不回来了，觉得自己亏很大。等我长大成人后，有了"恋爱"的经验时，想到哥哥十二岁的人生，想必一次"恋爱"都没谈过就死了，觉得哥哥的一生真的很可怜。比起失去哥哥的哀伤，哥哥可怜的一生更令我悲痛。如今我也如此认为。我认为"悲伤"不是一个事件，而是如水流般淌流在感情底层的东西。

Q: 小时候最开心的是什么?

A: 小时候无论开心、快乐、悲伤、痛苦的事,通常过了就不会向下扎根,宛如光芒一闪就过去了。如今回想小时候的事,确实有很多强光闪耀的瞬间,但也都是一些微不足道的事。我的母亲是个不会和小孩有肌肤之亲的人,不会宠爱小孩,也不会拥抱小孩。她每天早上化妆时,最后会用双手将山茶花油抹在头发上,抹完头发后,双手还是油油的,所以每天这个时候她就会喊着"洋子!洋子!"把我叫去,用她的油手在我头发上搓揉,去掉残余的油脂。这时她会用力摸我的头,虽然只是把我的头发当成卫生纸,但确实是在抚摸我的头。每天到了这个时刻,我都开心得不得了。山茶花油的气味香香甜甜的也很好闻。

Q: 成年后,最悲伤的是什么?

A: 我的人生并没有过得那么戏剧化,所以没有特别"最悲伤"的事。我也无法判断"最"与"其次"的差别,而且"悲伤"有种感伤的感觉,我不太喜欢。

不过我儿子两岁的时候,在托儿所咬了一个小女孩的背,在人家的背上留下齿痕。小女孩的妈妈气得破口大骂,托儿所的老师叫我去人家家里道歉。道歉是无所谓啦,只是我原本以为两岁的小孩还可爱得像天使一样,没想到他竟然像一只狼去咬别人。我抱着我儿子哇哇大哭，问他为什么咬人，他也不是不会说。跟他说不可以咬人，也不知道他听得懂听不懂。或许他有合情合理的原因，也或许我生了一个天性残暴的儿子，但他在咬人之后过了好几个小时，并没有露出小孩可爱的笑容。我抱着我儿子说："不可以咬人，不可以咬人。"但那时我真的好难过好难过。

Q: 成年后，最开心的事是什么？

A: 这我就能顺利回答了：就是离婚的时候。客观来说，离婚应该是相当不幸的事，但我早上起床，心底却涌现一股由衷的喜悦。坐下来吃早餐时，看见眼前干枯的芒草闪着晨光在风中摇曳，不禁心想今后我得靠自己一个女人家赚钱，还得养小孩，又没有男人，简直就像站在一根草都不生、净是石头的荒野上任凭风吹雨打，不仅是预感也真切感受到自己会到死都孤单一人，但我却开心得要命！那是一种强烈的孤独感，却也使我开心得不得了，感觉就是很爽很乐。望着闪烁晨光的芒草，我感动到差点落泪，觉得啊，活着真好！觉得太阳公公露脸了，好感激！

至于"如果离婚的老公也能这么想就太好了"的想法在离婚很久后才出现。

Q: 如果不用赚钱，你想做什么？

A: 我想赚钱赚到死。我很穷，可是很懒，但若什么都不做，我会因罪恶感而罹患抑郁症。我这个人天生无法毫无挂碍地尽情玩乐。如果要我在"贵族无为的虚无"和"穷人的辛劳"中选一个，我会毫不迟疑地选择"穷人的辛劳"。不过现在两者都办不到，因为世界变得没有高低起伏了，但也或许两者兼具吧。

我不会去想不可能的事，尤其是天上掉下来的礼物。

Q: 万一你身无分文怎么办？

A: 意思是哪天我又老又病，无法工作怎么办吧？

我会默默地躺着睡觉，即使这样死在屎尿堆里也无所谓。不过一定会有社会福利人员，把我送进穷人住的老人院吧。如果这样社会可以接受，那就把我送进去吧。我不会对那里的照护发牢骚。

但也很难说，搞不好我还是会发牢骚。譬如"我以前缴了那么多税，你们在干什么呀"或是"护士既然领了薪水就好好给我工作""医生不要只对漂亮的老太婆好啦"之类的。有一天当我身无分文，若有人真的喜欢我，喜欢到很想照顾我，我会装模作样很跩地说："既然你这么想照顾我就照顾吧，我无所谓。"

Q: 请举出几幅你喜欢的画

A: 勃鲁盖尔的《雪中的猎人》、巴尔蒂斯的《房间》、毕加索的画全部喜欢，还有很多已经忘记的画，也有很多当下感动万分的画。小孩画的"好画"全部喜欢，此外也喜欢精神分裂症的人为了治疗而画的画，还有片山健描绘小孩的画。

Q: 请举出你喜欢的书

A: 《圣米迦勒的故事》[1]《远离非洲》《克莱芙王妃》[2]《葡萄牙修女的情书》[3]，不过我读完就马上忘了。

还有《绝对安全剃刀》[4]和《老鼠太太》[5]。

---

[1] 《圣米迦勒的故事》（*The Story of San Michele*），作者为瑞典医生阿克塞尔·蒙特（Axel Munthe，一八五七一一九四九）。他曾在意大利卡普里岛的圣米迦勒别墅度过十四年美好时光，回到瑞典后著书立说。该书被陆续翻译成四十五种语言，成为全球畅销书。

[2] 《克莱芙王妃》（*La Princesse de Clèves*），作者为法国作家拉法耶特夫人（Madame de La Fayette，一六三四一一六九三），开法国心理小说先河，广受喜爱。

[3] 《葡萄牙修女的情书》（*Letters of a Portuguese nun*），作者为加拿大演员蜜莉安·席尔（Myriam Cyr，一九六〇一   ），以流传欧洲四百年的爱情文学公案"葡萄牙情书"为题，描述一位葡萄牙修女与法国军官的禁忌恋曲。

[4] 《绝对安全剃刀》，漫画短篇集，作者为日本漫画家高野文子（一九五七一   ）。其中一则《田边鹤》以儿童的形象描绘痴呆的老妇，相当惊悚感人，深获评论家好评："只有漫画才办得到的作品。"

[5] 《老鼠太太》（*The Mousewife*），作者为英国儿童文学家如玫·高登（Rumer Godden，一九〇七一一九九八）。描述原本在住宅内生活安稳平顺的老鼠太太，开始向往外面世界的美好。

Q: 你认为男人是怎样的生物？

A: 这种事有人知道吗？

我也不知道，但稍微明白的是，虽然不知道男人这种生物的自然生存法则为何，但我总觉得他们的脑袋，从很早就拼命建构出共同幻想或观念这种东西，为了维持这个框架，全世界的男人联手拼命奋战。若把这个框架拆了，他们会马上跌得四脚朝天，犹如地震倒塌的房子夷为平地。为了不落到这种下场，他们必须不断制造出新观念，譬如科学、哲学、艺术、赚钱，或是和女人做的事、战争、政治，还有这世上的一切，甚至人类的历史都是。我觉得他们很伟大、很优秀，也很尊敬他们，但同时也觉得他们像傻瓜，很勇敢，但如果像以前的高仓健那样对我说："唔！啊！男人就默默地喝札幌啤酒！"那你就自己一个人喝吧，别把女人拖下水。我喜欢健谈的男人，但说别人"娘娘腔"的男人，会给我一种威胁感。

Q: 你有难以舍弃的东西吗？

A: 用过的塑料购物袋，我会拿来装垃圾再丢掉。

就算被男人抛弃了，也无法舍弃想去爱人的心。就算全世界没人爱我，也无法阻止我想去爱人的心（啊！这正是烦恼的根源吧？），犹如执念深厚的毒气喷发般翻涌而上。

Q: 你通常在哪里作画？

A: 在自己家里，没人在的时候。

但截稿日逼近时，什么牢骚都不敢发。

Q: 写文章的时候在哪里写？

A: 我通常在家庭餐厅写东西。稍早之前，我哪里都能写，也曾在塞车的高速公路上写过。不过我觉得这只是一种习惯，其实我在哪里都能写。

Q: 你觉得自己是笨蛋吗？

A: 看到比我机灵的人，我会觉得自己笨。看到比我笨的人，我会觉得自己很聪明。可是觉得别人笨的时候，我会在心里说："神啊，对不起。"然后又觉得别人笨，又向神明忏悔。现在我已经不会认为别人是"笨蛋"，也不会骂别人"笨蛋"了，但硬要勉强自己去尊敬的话，感受性确实会变钝，也会产生伪善的人格。不过我也很清楚，如果太过瞧不起别人，自己的人格会打从心底彻底变差，给人一种灰色讨厌的印象，无法为人带来生之喜悦。

因此，虽然我觉得某些人有点儿笨，但总的来说，我看到他们更多优秀美好之处。能够看到别人的优点，是我与生俱来的美好资质。我甚至引以为傲，认为这是我生存的依据。

所以，尽管我也认为自己有很多愚蠢之处，但我也能把它看成是自己的一部分，并非全部。不过说别人的坏话时，我希望能适可而止，努力锻炼自己的理性，把坏话说到令人佩服的艺术等级。理性在这个时候最有用。虽然我没知识也没教养，但我梦想成为一个有理性的人。

Q: 你相不相信神？

A: 我不相信每种特定的神，但我相信有超越人类力量的某种存在。我不想失去对超越人类力量的某种存在的敬畏之心，也相信人类若挑战这个存在，必定会有报应。

Q: 昨晚有做什么梦吗？

A: 我梦到那个人的前一个女人，然后就醒了。醒了以后完全不记得那个女人做了什么，但讨厌的感觉十分清晰，让我觉得很烦。我拼命要想起她在我梦里干了什么，却只是让讨厌的感觉更加充斥我的心。就这样，我怎么想都想不起来，带着讨厌的感觉又睡着了。

早上起床后，依然残留着这种讨厌的感觉，直到现在也还残留。现在我也想知道我到底做了什么梦，最好能像电影那样连细部都清晰重现。我的个性就是这样，越是讨厌的事越想一探究竟。我做过很多梦，大多记得很清楚。很多梦美得像仙境，我也会把美丽的梦画在笔记本上。有一次我梦见斑马的赛马，赛马场的草坪长得像斑马的条纹状，梦境是全彩的，非常漂亮。我也曾梦过绿油油的小麦田，开着红色罂粟花。

Q: 今天晚餐打算煮什么菜？

A: 现在是下午三点，但我通常快到晚餐时间才会想要做什么菜。看看冰箱里还剩什么东西，然后去鱼店或肉店买菜，或是什么都不想直接去鱼店或蔬果店，到了那里再决定今晚要吃什么。我做的菜都是自己想吃的，有时儿子说"我想吃可乐饼"或"我想吃肉，啊肉肉肉，我想吃有肉的东西"，我就很开心卖力地做，但儿子却没回来吃晚餐。我很担心我儿子未来的老婆。

Q: 你说过最侮辱人的话是什么？

A: 这可不能说。若不到决不能在人前说的地步，称不上"最侮辱"的话吧。我是个伶牙俐齿的人，尽管火气一来脑袋里简直住了"神枪手比利小子①"，既神准又威猛，自己都骂得很陶醉，但事后都很想死。"这句话说出来会死人"

---

① 美国 19 世纪西部传奇性的枪手，出枪又快又准。

这种等级的侮辱话语太宝贵，我才不会告诉别人呢。

Q: 至今看过最美的景色是什么？

A: 那是盛夏的正午，我十三岁的时候。当时我在坡道上的纪念碑旁。坡道是一条大马路。纪念碑附近，有个上方挖成拱形的凹状饮水台。我从车站一路走来又热又渴，喝了纪念碑的水。因为没力气走出去，在里面待了一会儿。那时我一直看着坡道。大马路上没有半个人。一片寂静。这种事常有吧，盛夏的大中午，没有半个人。后来有个老婆婆撑着一把黑伞，慢慢地慢慢地横越大马路。大马路因为老婆婆慢慢地慢慢地走过去，变得更加寂静，更加耀眼明亮，也让人觉得更热。

我永远无法忘记那幕景色。

Q: 你最喜欢自己什么地方？最讨厌自己什么地方？

A: 你要知道，一个人最好的地方也是他最差的地方哦。

优点和缺点是一体两面的，就像双面色纸上了不同颜色，但无法将颜色剥下来。那些认为可以将优缺点分开看的人，通常会摆出自己是正义的一方，挥动正义的大旗去打人却不以为意。

又或者，这样分的话，就像用网孔很大的网子捞鱼，完全没有留意到从网孔掉落的东西，也不想留意。事实上，那些从网孔掉落的，才是最重要最重要的东西呀。懂了吧！掉落的东西，才是人生的醍醐味。这才是人的有趣、不可思议、值得感激的东西。你若不好好品尝它，人活着也太没意思了。

糠虾佃煮①若没有咸咸甜甜的味道很难吃吧。虽然鲔鱼要捕活的，但接下来也得救垃圾和泥土才行。因为我知道有泥土，珍珠才会漂亮。但是你懂吗？在我的优点和缺点之间，最多的就是这种无用之物。这种无用是最宝贵的。正因有这种无用之物，我才不会变成好人或讨厌的人，就只是一个"人"。怎么样，我很伶牙俐齿吧，就这样糊弄过去了。

不过我真的这么认为哟。

比方说，我最大的优点也是最大的缺点就是"好管闲事"。我真的很爱管闲事，爱得不得了。知道朋友有纠纷立刻冲去一探究竟，急着问：怎么了？怎么了？

结果人家把我当粪坑，拼命把大便"大"给我，等他清爽了，我才离开。我是会打破砂锅问到底的。

人的弱点真是有趣又迷人，令人欲罢不能。虽然也有人事后会陷入自我厌恶，使得我和他的关系变得有些尴尬。这时我会有来有往，跑去他那里"大"自己的便。这样人际关

---

① 糠虾佃煮是以糠虾加酱油、糖、味醂等熬煮的小菜。

系就建立起来了。当然世上也有人活得毅然决然或光鲜亮丽，但我对这种人完全没兴趣。

总之我认为能活得不堪又不在乎是一件好事，也是一件很讨厌的事。赚很大，也亏很大。

谢谢大家。我还蛮喜欢被问问题的。

CHAPTER

大我两岁的哥哥

　　我有个大我两岁的哥哥。他的心脏在右边，患有心脏瓣膜症，嘴唇是紫色的，指甲也是紫色的，长得瘦巴巴，唯独眼睛特别大。我们会手牵手睡觉，爸爸骂哥哥时，我总在一旁哭泣。我失败时，哥哥会在我旁边走来走去。有时他会奋力抢走我的零食，我气得浑身打战，但不久就满不在乎又和哥哥玩在一起。

　　我哥哥很会画画。我以他为荣，非常尊敬他，几乎到了痴迷的地步。只要是哥哥下的命令，我都会竭尽全力达成他的愿望。

　　当我在外面被人欺负，哥哥不管在哪里都会跑来帮我，瞪大眼睛，站稳细瘦的双脚问："是谁？"因为看起来一点儿都不强，孩子们散开时好像不怎么怕。有一次哥哥被推倒，遭到男生们一阵乱踢。我气得捡起粗棍子，一边哭一边狠揍那些男生的屁股。男生们丢下一句"好猛哦！"就哭着跑走了。

然后哥哥站了起来，瞪我。

并没有人教我这个道理，而哥哥也不是早就明白，但我们想一起活下去，就非得互相帮助不可。说不定我们当时连互相帮助的想法都没有。在我们长大各自独立之前，哥哥就死了。

不懂得"爱"这个字的我们，就这样活了下来。哥哥的死让我明白了一件事：无法取代的东西，是会被夺走丧失的。这大概是我意识到"爱"的原型之前就领悟到的事。

后来我爱上了一个男人，生下了小孩。生小孩让我明白了"赐予"的喜悦。孩子不是我创造出来的。孩子是随着诞生而赐予我的恩惠。

我也失去了心爱的男人。当我失去他时，我尝到了在自己心里目不转睛盯着失去之人的地狱之苦。或许所有的宗教，都是人类害怕有一天会失去"爱"而创出的智慧结晶。

经营着徐徐崩塌的家庭，我画了一本绘本。故事很简单，只是一只公猫遇见一只母猫，生下小猫，后来终于死掉了。《活了100万次的猫》就只是这样的故事，但在我的绘本中却出奇地畅销大卖，这让我深深觉得，原来人们只是单纯想望这种事。更重要的是，这似乎也表露出我祈愿的也只是这样的事。（一九八五年）

因为是大屁股的勤奋者

有个学生时代的老朋友生病了。

她向来是个健康、屁股很大的勤奋者，因此我想都没想过，她竟然已经生病卧床五个月了。

对我而言，她一直是住在从大冢警局旁边的道路爬上去，向左转入巷子内房子里的人。

接获她老公的通知，到医院之前，我万万没料到自己会慌张到大喊大叫。因为这二十五年来，我一直认为她的存在是天然、自然、理所当然。

记得十九岁时，她带着脖子上的吻痕走进教室，后来和烙下这个吻痕的犯人生了两个小孩。我也生下吻痕犯的朋友的儿子。夏天到了，我们带着不会游泳的孩子们去海边，我和她窝在海滩遮阳棚里大谈婆婆的坏话，她还把她儿子的旧衣服给我儿子穿。因为她要工作，平常也把儿子交给托儿所，这个儿子上了初中后惹了麻烦，而我儿子也闯下同样的祸。

我们的人生都没有电视剧般多彩多姿的事，有的只是极其普通的女人岁月的重叠。

或许日常生活里的平凡事件才是最精彩的电视剧。

番外篇则是因为我离婚的事，这对夫妻变成与我同伙。这让我很困扰也造成一些不便。在一片混乱中，有一次我出差回家一看，这对夫妻和我另一位女性友人在脏乱的饭厅里，围坐在一张大到不像话的圆形餐桌旁，我顿时整个看傻了，他们看到提早回来的我也显得一脸尴尬。我万万没想到，他们会为了我家的问题投入到这种地步，甚至采取具体行动。我真的一辈子都抬不起头，打从心底感激他们。客观来看，他们是支持我这个缺点大甩卖的人，但说支持又有些许不同。我想他们是迫于无奈接受我吧。

我猜，那时她和她老公之间多少有些意见分歧吧。她老公站在男人的立场可能了解我老公的想法，但她和我是同性，我们在日常生活里有共同感想，我觉得她对我展现出同为女人对男人思考的差异。

还有，我们同为人母。她经常在玄关铺棉被等晚归的儿子，而那个经常会跨过她的身体回来的儿子，如今已长成清秀的青年了。

当时我一会儿惊慌失措一会儿放声大哭，一会儿又勃然大怒，只要她安慰我："不要紧的，一定不会有事。"我就觉得好像不要紧。那个在大冢警局旁边上去左转巷子内跟我说"一定不会有事"的人，我一直觉得她是天然、自然少根筋的人。如今我在前往医院的车内想起这件事，泪水扑簌簌地流了下来。像个原本以为水龙头一扭就会有水流出来的人，碰到断水忽然不知所措，整个乱了方寸。扑簌簌的泪水，啊，我们就像战友一样，而且是二十五年以上，在不得要领的日常中一路并肩作战的战友。即便我有个交往二十五年的男性友人，我也不敢狂妄地说能对男人的人生有所共鸣。但若她哭得稀里哗啦，我能什么都不问只默默握着她的手，也敢啪啪啪地拍她的大屁股。

深夜抵达医院后，在点着橘黄灯光的昏暗病房里，只见她静静躺着睡觉，从洗衣机般的人工呼吸器吸入氧气。那个十九岁时长得像安东尼·博金斯[①]的老公，现在已是白发斑驳的中年男人，他坐在橘黄灯光下静静地看书，宛如夏尔丹[②]的静物画。啊，这对夫妻的感情总是这么好。无论发生什么事，这两人一定会进入同一个墓穴吧，当然不是现在，而是变成老公公老太太之后。我并非独自一人活下来，是有她这个不顾形象守护儿子、支持老公、熬夜工作，一天一天踏实活过

① 安东尼·博金斯（Anthony Perkins，一九三二——一九九二），美国演员。曾出演电影《惊魂记》《东方快车谋杀案》。
② 夏尔丹（Chardin Jean-Baptiste-Simeon，一六九九——一七七九），法国静物画与风俗画家。

来的人对我说"一定不会有事"，我才能活到现在。我想她为了守护家庭，大概也是需要我吧。我可以感受到，像我这样又笨又蠢慌慌张张的人，在她的人生中也是需要的人。除了宝贝的儿子和老公之外，像我们这样可以随便吆喝的手帕之交，有总比没有好。

为了她们，即使缺点大甩卖，我也不能战到一半倒下。没有存款也没关系，我要和她们一直交往到进养老院。希望她好好加油，早日出院。要是她不能再度在大冢警局旁边上去左转的巷子内跟我说"一定不会有事"，我会很伤脑筋。

有很多男性朋友或许是好事。

不过有很多女性友人也没什么不方便。最棒的是不会和女性友人上床，所以也没有分手的问题，也不用为了劈腿哭得死去活来。可以一起站在厨房做什锦饭，太棒了。可以一起上美容院，还能一起变老，太棒了。所以男人是新的好，女性友人则是旧的好，尤其是能黏在一起的那种。

她高中时代的女性友人还制订了轮流探病表，每个人每周要来探望她两次。我们都很穷，她一定和我一样没什么积蓄。就算存了几千万，也不如有很多女性友人可以在你出事时紧紧握着你的手，这比拥有巨额存款更令人安心。(一九八五年)

原野也有 楚楚动人的花

"Märchen"是说话文学的一种形态，相对于借由传承留下来的神话或传说，是一种完全凭空创作的故事，例如童话故事。

这一段是引自《广辞苑》对"童话故事"的说明。关于这个就交给更伟大的人去做吧。

我写童话故事也画绘本，但这和 Märchen 并没有联结。

也未曾在日常生活中使用 Märchen 这个字眼，因为我不觉得需要用到，但也有可能是我有意识地、积极地、绝对不用这个字。这个字的原意是辞典写得没错，但我很不喜欢它流通的方式。

小时候，我很爱画公主。我手边并没有"公主画"的范本，但我会把眼睛画得大大细细长长的，再加上四五根翘起来的睫毛；头发则是画成波浪卷的长发；明明没有实际看过长裙，却也在蓬蓬的长裙上加了好几层缎带与蕾丝；戴上项链；洋装则是着上粉红色。当时我并没有少女漫画般的作品可以当模板，也没有人教我要这样画，但我们却竞相画几乎同样的画。

稍微长大后，我看到中原淳一①的画惊艳屏息，迷上那整张脸几乎都是眼睛的非现实少女。我把仅有的少数中原淳一设计的千代纸②小心翼翼收在盒子里，绝对不用它。时而拿出来确认千代纸依然完好无缺，感到无比安心。

不久之后，我终于也开始热衷于画妹妹带回家的少女漫画，不过后来我也瞧不起它了。

换句话说，我也和一般人一样经过所谓的"少女趣味"时期。

人们会说"男人的浪漫"，但不会说"男人的Märchen"（男人的童话）。看来所谓Märchen是针对女人和小孩的流通用语，而"少女趣味"算是它的另一种说法，或者几乎是"拒绝现实"也说得通。

拼命画"公主画"的女生日后也生了小孩，和这个世界产生关系。女人似乎不想和公主画一刀两断，即使生了三个小孩，家里的电话套还是要使用蕾丝花样。生了小孩后也热心教育小孩，但却不想让小孩看到现实，只是一味地想保护

① 中原淳一（一九一三—一九八三），画家、插画家、杂志编辑，更是服装设计师、造型师，"二战"后至经济高度增长期间，被誉为"日本女性生活美感领导者"。

② 千代纸，彩色印花纸，类似儿童做手工的色纸。

小孩远离现实。女人的这种本能也在这时觉醒。

然后要为"情操"开出一条血路，也会大吼大叫说要把小孩养成"心灵丰富"的人，却小心翼翼地努力不让小孩看到残酷、衰老、死亡，说这是一种"体贴"，还把它当佛经般提倡。把一切的恶当作清一色的恶，连踩到一只虫都会脸色大变。

如此一来，《格林童话》中血腥残酷的部分就非得更改不可了。

母亲为孩子挑选优良读物时总是非常认真，由衷希望挑选温馨、充满爱、有梦想、可爱、明亮且健康的童话或绘本。

这里真的没有恶意，洋溢着纯粹母爱的自信。我总觉得还是和 Märchen 的领地衔接，底层是和公主画相连的，至少现在日本用的 Märchen 这个字就有这种意涵。

我觉得这也和"拒绝认识现实"相关。

但话又说回来，把公主的四五根睫毛画得卷翘，让她穿上缀满缎带与蕾丝的礼服时，那种快感究竟是什么？看到中原淳一的画中那眼睛特别大的女孩时，那种甜美的陶醉与内疚又是什么？

小时候画公主画的我，当我没在画公主时，在家里和哥哥吵架，在外面被年长的女生欺负，我只能去别的地方出气。我就是过着这样的童年生活。有一次我跑去原野，原野开着楚楚动人的野花，也有很恶心的绿色毛毛虫。我把野花插在头上，却"耶耶耶"地猛踩毛毛虫。

为什么呢？因为我的公主画里没有画毛毛虫。

中原淳一的画里也不会画卤芋头，或磨损的运动鞋。

"梦想"是什么？

"梦想"大概是小孩变成大人时的通过礼仪吧。

"梦想"是为了幻灭而存在。

看是要把梦想的幻灭当作现实接受？或是排斥它？这才是通往成熟之道吧。我觉得小孩因为梦想幻灭所衍生出的感受，正是画公主画的行为与能量。

但若一直抓着不放，硬是把过于纯粹的善意强加在别人身上，就太多事了。（一九八五年）

遇见独一无二的他，我是最幸福的人

我觉得我很会交朋友，因为我认识了很多难能可贵的朋友。环顾我的四周，几乎没人像我拥有这么多出色的朋友，真的很幸福。有个朋友，他是我父亲朋友的儿子。他的大便从尿片中掉在地毯上，他妈妈趴在地毯上擦大便，那时我才三岁。我觉得他会是我一生怀念的好朋友，是在他偶尔打电话来，声音已经很像他爸爸的时候。

十八岁时，我向一个靠在补习班柱子旁的陌生女孩打招呼，现在她儿子已经长得比我们邂逅时还大。还有一个经常自己带酒来，坐在我家的暖炉桌旁喝酒，一回神发现她已经在我旁边的棉被上睡着了。这个朋友是什么时候认识的，我怎么想也想不起来了。

少了"她们"和"他们"，我无法想象我的人格和人生会变成什么样。我现在依然认为，我很会交朋友。

我有个妹妹，虽然她也很爱我，但我怀疑她更爱我儿子。有一次我和她在鬼扯时突然想到，我有这么多好朋友，与其说我很会交朋友，不如说是运气好。我的朋友运太好了，但是，我的婚姻却失败了。

有个无亲无故、半个朋友也没有的女人，她在十九岁时，和一个背上有刺青的流氓结婚了。

她第一眼看到这个流氓就认定这个人，对他毫不怀疑。后来这个流氓当上国会议员后的某一天，忽然感冒死了。他们在一起生活了二十年。二十年来，她每天都意乱情迷地望着她老公。老公过世后她每天以泪洗面，转眼间也过了四年了。

那时孩子也十三岁了。

接下来的三十年里，她只跟孩子说亡夫的美好之处。如今七十九岁的她说："我的一生比任何人都幸福。可不是吗？要是我和讨厌的男人在一起，想起的也净是讨厌的事吧。但我的回忆里完全没有讨厌的事。在茫茫人海中，我能遇见那个独一无二的他，我是世上最幸福的人。我才不需要什么朋友。和他在一起，我连想都没想过要朋友。"

十九岁的她，遇见大她十五岁而且背上有刺青的流氓时，大概没有精心算计要"嫁一个好老公"吧。或许就像十九岁女孩般，只是梦想有个平凡朴实的婚姻。

但她毫不怀疑投向这个男人的怀抱时，可能没想到"这是为了美好婚姻的美好邂逅"。可能也没料到，这个男人会变成拥有三四栋豪宅的国会议员。这期间男人还两度入狱，她也深信等候他出狱是命运的安排。即使好几个月老公都不在家，她也没有任何忐忑不安。

有人是有幸认识很多男性友人，而从中得到生涯伴侣；也有人是经历无数次相亲，慎重挑选夫婿。但或许也有人是莫名地认识一个人，莫名地和这个人开始生活吧。

也有人是拥有戏剧性的开始，经过轰轰烈烈的热恋而结合。

然而不管怎么开始，没人知道婚姻生活是否会一直幸福美满，直到死亡拆散两人。

况且万中选一的人选，也不见得最适合。也有人当初爱得死去活来，死心塌地认为非他不可，却在两年后就分手了。有一对夫妻怎么样都不对盘，在同一个屋檐下住了二十年却不开口说一句话，等到孩子们有了小孩之后，商量要让爸妈分开时，母亲却生病了。妻子住院后，丈夫也一起陪住，两个人会手牵手在医院的走廊散步。后来丈夫感冒被移到别间病房，妻子偷偷背着护士来看他，还向医生央求："让我看一分钟就好，一分钟。"当陪住的丈夫先死时，妻子深深地弯腰鞠躬："长年来让你辛苦了。对不起哦。"

她或许也拥有了幸福的人生。借由相亲认识的平凡邂逅。

投入流氓怀抱的十九岁女孩，或许是懂得在众多邂逅里精选一人的天才。

奉父母之命和不喜欢的男人结婚的女人，或许是将邂逅的权利拱手让给了别人，但却拥有了即使一分钟也好，想看看年过八十的丈夫的晚年生活。

拥有很多朋友的邂逅，和赌上一生的邂逅，其实是一样的吧。得以通往结婚的邂逅，只能说是运气。（一九八三年）

终于习惯后，女人会……

女生小时候会玩扮家家酒。我扮演妈妈，把洋娃娃当婴孩，拿手帕当婴孩的尿布。但爸爸还是希望由男生来扮演，所以我很希望有男生愿意来当爸爸。当我成功拉到小我一岁、温柔又安静的阿研来玩扮家家酒，我很开心，也感到过意不去。

因为我不认为男生会喜欢玩扮家家酒，感觉好像在骗他，总是提心吊胆怕他说"我不玩了"。要是被在外面玩打仗游戏的男生看到了，阿研一定会觉得很丢脸吧。当他害羞地拿起树叶包的泥馒头，假装大吃特吃地说："啊，真好吃！"看得我好开心好陶醉。吃完以后，阿研要去公司上班，穿上之前脱在草席边的鞋子说："我要去上班了哦。"我就双手抵在草席上，行了一礼说："要早点儿回来哦。"然后阿研去旁边的树木转了一圈回来说："我回来了。"只是这样而已。因为只是这样而已，一下子就腻了。即使腻了，我还是很喜欢玩扮家家酒，一次次享受让阿研当爸爸的喜悦与愧疚。

第一次有男人向我求婚时，我的心情和把阿研硬拉进来玩扮家家酒的时候一样。其实男人并非真心渴望结婚吧，他们真正想要的是玩得一身泥巴的打仗游戏吧。婚礼进行中，我忽然回过神来，觉得婚礼是一场夸张的扮家家酒游戏，前来祝贺的男人们像是故意"大吃特吃"树叶上的泥馒头在嘲弄这场婚礼。

新婚生活就更像扮家家酒了，男人看起来很开心，但也显得心神不宁。终于习惯以后，女人开始全力以赴面对这种正经八百的生活。可是女人一旦全力以赴过正经八百的生活，对男人而言已经变成母亲了。

身旁有母亲在，男人就安心了，可以离开成为母亲的妻子身边，出门去玩名为工作的"游戏"。男人的工作都是"游戏"，无论政治、艺术、买卖、科学，都是耗尽智力与体力的游戏。但对女人而言，生活并非游戏。

在这场扮家家酒里，我和下班回来的阿研躺在床上酣睡，转眼间醒来就结束了一天。因为太年轻而不知生活为何的我，结婚时不仅不知道生活是多么地正经八百，也不知道自己可以变得那么正经八百。

我知道"想象力"没什么了不起。尽管如此，若不在正经八百的生活里加点儿想象力，实在很难活下去。

或许婚姻生活是，注定要玩工作这种"游戏"的男人，和注定要正经八百面对生活的女人，一起摸索共同的想象吧。

或许夫妻
就是这样吧

　　小学五年级的时候，我每天和住在隔壁的阿弘玩在一起。阿弘是同班的男生，活像个沾满泥土的马铃薯，唯独额头泛着红黑色光泽，用袖子擦鼻子，片刻也静不下来。因为我喜欢体质虚弱的秀才，所以完全不把他当一回事，但一回神总发现，他就在我的身边跟我吵架。

　　有时斗嘴，有时打泥巴仗，还会互踢、告状。当附近小孩聚集在原野上的简易小屋玩演戏时，我理所当然演王妃，阿弘则是演国王。两个人都变得很神气。有一次，我和阿弘扭打成一团，在地上滚来滚去。我的鼻子前面就是那个发光的红黑色额头，发狂愤怒喘着大气的阿弘有时在我上面，有时在我下面，沾满尘土和泥巴的体臭直冲我的鼻孔。那时我灵光一闪，想到一件事。

　　"说不定，夫妻就是这样吧。"当时我对性事一无所知，所以这个想法也不是针对"性"而来。

这是和扮家家酒的甜蜜、陶醉、温柔无缘的事，而是真正的对决，但渐渐地也就习惯了。而且当我被别的男生欺负，阿弘会立刻跑来亮出他额头的闪光说："怎么了？"我愤愤地瞪他一眼，但内心觉得很安心，也认为这是理所当然，不会向他道谢。

在教室里，老师揍阿弘时，我在心里想着"你活该啦"，但也很心疼。那种感觉跟别的小孩被揍不太一样。我觉得十一岁那年，在原野上翻滚想到的"说不定，夫妻就是这样吧"确实是正确的。当时我就预感到，无论喜不喜欢都逃不掉的关系持续下去的话，会产生这种心情吧。仔细想想，我和阿弘所经营的正是小孩的"生活"，因为即使玩在一起也有进退两难之处。

暌违三十年再度见到阿弘时，我不禁潸然泪下。和最讨厌的阿弘玩在一起的孩提时光美得闪闪发亮。我和阿弘之间有着属于我们两人的理解。

若婚姻生活持续五六十年，纵使这些岁月没有充满慈爱与感谢，但一定会有属于心灵上的理解。回头一看，那些包括互相仇视的流逝岁月都会变得很美吧。成人的生活不像小孩那样单纯。进退两难的男女关系即便是夫妻，原本也是陌生人。若厌倦了这种进退两难，也有可能回到天涯陌路。但对双方而言，唯有两人的孩子会永远处在进退两难的关系上。

嫁去梯田上的家

伯母从她的原生家庭，嫁去要爬五分钟梯田的家。她从夫家看得到娘家的屋顶和柿子树。要照顾唠叨又重听的婆婆，还生了十个小孩。讨厌种田的伯父去村公所上班，伯母只好默默在田里干活。

我印象中没有伯母坐在榻榻米上的模样。去堂妹家玩的时候，伯母总是穿着沾满泥土的工作服对我笑。不习惯大人对我笑的我，很喜欢伯母。堂妹说："爸爸心情烦躁时，会把在田里干活的妈妈'埋'在田里呢！"我问伯母："那你怎么办？""就默默回来洗澡呀。""你不生气吗？""我只是默默不讲话。"我觉得伯父看起来人蛮好的，真想亲眼看看他"埋"伯母的样子。

晚年，伯母罹患脑软化症，五年内就退化得像个小孩。伯母坐在檐廊唱儿时的歌。

已经出嫁也生了小孩的堂妹，有一次跟我说："其实我妈以为她在娘家。"伯母叫伯父把她从檐廊踢下去。因为她气呼呼地说："把我踢下去!"伯父就把她踢下去了。伯母滚落到院子后,她又叫伯父背她去后面的天满宫。于是伯父便背着伯母爬上石阶,结果伯母又叫他下石阶,伯父说:"这样啊,这样啊。"又背她下了石阶。就这样一直反复。

晚上睡觉时,伯父躺下后,她叫伯父和她一起唱歌。说要一直唱一直唱,手牵着手摇啊摇地一直唱。然后伯母死了。村里的人对伯父五年的照顾竖起大拇指:"真的很了不起啊。阿信嫂一定能含笑九泉了。"

伯母死后第二周,我去看伯父。伯父在院子旁的墓地献花上香,对我说:"我老婆是世上最了不起的女人。"

据说罹患脑软化症的人,会回到自己最幸福的时候,所以活了七十年的伯母,只有五六岁的时候是幸福的吗?即使伯父把她照顾得无微不至,甚至超过一般人的极限,伯母也不明白吧。

当伯父说:"我因为照顾老婆而明白了很多道理,一点儿都不觉得苦。我真的很感谢我老婆。"我对于贯穿人一生的矛盾感到混乱。持续过着简朴生活的伯父最终找到的东西,震撼了我。

之后过了五年再去看伯父时,伯父清扫坟墓,供上金盏花,上香祭拜。从坟墓可以看见伯母娘家的屋顶和柿子树。(一九八二年)

女人一次都没起来

　　有了小孩后，大人心想小孩一定很喜欢海，所以我这个大人也带了小孩去海边。我从小孩十个月大就带他去海边，拿掉尿片，让他圆圆的屁股去碰波浪。我自以为小孩一定很高兴，之后每年都带小孩去海边，让他在海滩上玩耍，我则静静地待在大阳伞下。

　　有一年夏天，我让小孩一整天都在海滩上玩。

　　我旁边躺着一个年轻女人，正穿着金色比基尼做日光浴。这个女人不仅肤色被太阳晒得很漂亮，还有一对傲人的乳房与修长的双腿及纤细的手臂，是个身材匀称的美女。

　　她一次都没起来，不仅没起来，连一句话也没说。她周遭围着五六个年轻男人。男人们也几乎不发一语。时而会有一两个男人从海里上来，走过来便默默地坐下。女人改成趴躺。趴躺之后，男人在她的背上抹油。女人闭上眼睛，就这样静静地趴着。趴了一小时后，女人默默地翻身改成仰躺。淡粉色的口红闪着银色光芒。金色的小胸罩几乎露出半个乳房。然后男人们又在她的腹部抹油。其中一个男人站起来，不晓得从哪里拿来冰可乐，默默地递给她。女人不发一语接下可乐，喝了一两口后，默默地还给旁边的男人。男人们就静静地轮流喝这瓶可乐。

她的午餐是怎么解决的我就不知道了，因为我们回去旅馆吃午餐了。等我把在海滩上抓小黑鱼的孩子带回来，收好大阳伞准备回家时，太阳已经下山了。

旁边的女人缓缓站起来，然后直接大步离去。一个男人开始整理女人躺过的垫子，其他男人则拎着大塑料袋或篮子，默默无语地跟在金色比基尼女人的后面，宛如一群实习医生跟在大学医院的医师后面。

隔天早上我去海滩一看，金色女人依然躺在同样的地方，周遭依然默默地坐着男人们。

原来是原野的原

　　小时候，我对自己的名字很不满意。既平凡，又没有任何意象。我问爸爸："洋子的洋是什么洋？"爸爸忽然中气十足地说："太平洋的洋！"我压根儿没看过太平洋。我想要"百合子"或"绢子"，而且"佐野"也蛮粗鲁的，音节又太短。于是我拼命地想，对，"MATSU BARA"这个姓不错。"MATSU"就是"松"，"BARA"是玫瑰，松树加上玫瑰。这让我联想到我觉得唯一浪漫的地方，大连星浦的大和饭店。那是一间坐落在松林里的高档饭店，植有鲜红色的玫瑰。"松玫瑰"这个姓氏代表着美丽的姐姐。"松玫瑰"必须是美丽的姐姐才行。

　　七岁那年夏天，我得了"流行性结膜炎"，一种会生很多眼屎的病。这种病会传染，所以哥哥也生了很多眼屎。早上醒来，两人并排拿着装有硼酸水的小碗，用免洗筷夹脱脂棉蘸硼酸水洗眼睛。眼屎使得眼睛红肿发炎，所以放学回家后要去大连日赤医院看病。到了医院，医生会用玻璃棒帮我擦紫色黏糊糊的药。眼圈会变成紫色，看起来很吓人。当我在昏暗的候诊室等候看诊时，护士忽然叫人："MATSU BARA，MATSU BARA。"我霎时心跳加速，反射性摇摇晃晃地站起来，走到护士旁边。原来真的有"松玫瑰"这个姓？"BARA"的汉字写成什么呢？我看向护士手里的病历表，上面写的是"松原"。我失望到了极点，整个人好沮丧。搞什么嘛，原来是原野的原。护士又叫了一次"MATSU BARA"。一个戴着眼罩、邋遢的老爷爷走到护士旁边，嘟哝地说："我是。"

他的嘴边长着黑白斑驳刺刺的胡须。那天我受到严重的打击，眼圈还黏着紫色药膏，有气无力慢吞吞地走回家。我那个红配绿的"松玫瑰"意象也彻底瓦解了。但是，在这之前我没看过真正的玫瑰。

我知道的花，有北京自家院子里的松叶牡丹和玛格丽特，到了大连后知道了洋槐树的花和后院紫色的茄子花，还有上学途中的红蓼、不知名的杂草开的白色或黄色的花。

撤退回日本后，在爸爸乡下老家的石墙边看过金盏花、大理花、百合花，还有看起来很闷的美人蕉和蜀葵。乡下的花总带着乡下味。学校教我们唱《野玫瑰》这首歌。

我不知道"野玫瑰"这种花。在照片或画里看到的绚烂豪华玫瑰花，开在原野上。我想象着原野上开了整片的玫瑰，扯开嗓子大声高唱《男孩看见野玫瑰》。

有一次，我和朋友走在山路上，朋友忽然说："啊，是野玫瑰哦。"就开始唱起《男孩看见野玫瑰》。"在哪里？在哪里？"我兴奋地问。朋友指向路边说："你看，就在那里。"一朵单瓣的白花，在积着灰尘的叶片中，羞涩地开着。茎梗还长了许多密集的小刺，既是羞涩的，也是反抗的。这真的是野玫瑰吗？九岁的小孩对野玫瑰楚楚动人的模样，并没有萌生爱慕之情，只是让我更加失望沮丧。

然后我来到了都市，慢慢知道了什么是玫瑰花。

玫瑰确实是花之女王。在花店的店面，玫瑰和别的花截然不同，显得自信又傲慢。明明没有摆出任何举止态度，光是存在就仿佛宣示着"我是玫瑰"。在众多花卉中，目光总是不由自主地被玫瑰吸引。而玫瑰仿佛在说"这是当然的哟"，把骄傲分给从中央一瓣一瓣向后仰绽放出来的花瓣。真是赢不过它啊，输了啊，让所有的目光都臣服了。

粉红玫瑰很华丽，白玫瑰让人觉得气质出众。但说到玫瑰，鲜红的还是最高贵吧。

玫瑰总散发着一股"恋爱"的氛围，显得非常浪漫。没有女生不抱着甜美的期待，希望有一天会有男人捧着红玫瑰出现。但这种事没发生在我身上。我问一位女性友人："你有没有收过男人送你的玫瑰花？"

在现实里，看来是不会发生电影或少女漫画般的事。男人总觉得玫瑰是令人害臊的东西。日本男人不做这种事，除非是特别装模作样的男人。不过我知道有个人不一样。一位美若天仙的女人，能够轻易攻下她的是，一朵玫瑰。但男人看到美若天仙的女人，经常只是在一旁呆呆地望着，束手无策，只能让爱慕焚身。这是一种健全的感受性。

　　可是出现了一个与其说勇敢，毋宁说行事风格脱离健全常理的男人，买了去她家的定期月票，每天去找她，每天都带着一朵红玫瑰。

　　美若天仙的女人，终于屈服在每天一朵红玫瑰下。如果送金盏花或鱼腥草可能就不管用，三色堇的气势也不够。在那之后过了许多年，每当我想起那位天仙美女，眼前就会浮现一朵红玫瑰。

　　然后玫瑰正确地完成了自己的使命。

　　她说："我才没收过呢！是我送男人玫瑰花。"

　　她爱上一个有未婚妻的男人。有一天她精心打扮，将所有的宝石戴在身上，也喷了香水，捧着五十朵红玫瑰，去找那个男人。

　　"五十朵玫瑰，几乎可以把我遮住了。"

　　然后她在愣怔的男人面前，扔掉玫瑰，拿掉宝石，脱掉绢丝小礼服，赤裸裸站在那里。后来，她成了他的妻子。

　　她有着把自己的热情托付给五十朵玫瑰的自信与奋不顾身。

月亮终于在土墙上露脸

小时候我住过北京。

家里有个土墙围起来的四方形院子，土墙上方有屋顶。

到了晚上，哥哥从窗户望着外面。圆圆的月亮挂在土墙的上空。土墙上有猫咪走动。猫咪背光成了黑影。我和哥哥惊声尖叫："啊！怪物出现了！"吓得很夸张。其实我们都知道那是猫咪。

就这样每天盯着窗户，看猫咪有没有在土墙上走动。

中秋节这天就在土墙围绕的院子里赏月。院子里来了很多客人，但月亮迟迟不出来。这些客人是父亲邀来家里赏月的，要是月亮不出来，父亲就颜面扫地了，所以我忧心忡忡地在院子里跑来跑去，一直望着夜空。

终于，月亮在土墙上露脸了。真的把我累坏了。我不记得北京的中秋明月究竟有多美，只记得月亮出来让我松了一口气，终于不用再抬头看着夜空，只顾着在地上挖土找虫子。

隆冬二月，我们从中国撤回日本。撤退船的甲板结满光滑的冰，厕所并排在甲板上。晚上从舱底爬到甲板上厕所，甲板上很明亮。又圆又大的月亮照在海面上，波浪闪动着金色光芒。

我怕滑倒，抓住甲板的栏杆，看到船下面的海，甚至可以清楚看见海中有白色透明发光圆圆的东西。这些透明发光的东西长了很多细丝般的脚。啊，是水母。在皎洁的月光下，一只只水母摇摇晃晃地游着，无论到哪里都重叠着。

小孩不会赏月。小孩看的是月光映照出来的东西。

小时候读格林童话《汉塞尔与格莱特》①，印象最深的是，汉赛尔在月夜的森林路上放小石头的场景。

我脑海里可以清楚浮现映照在月光下的小白石，但不会去想象挂在森林上方的月亮。

月亮也被称为月娘，我是在绘本上知道的。头上绑着手巾守护小孩的少女，穿着背婴儿用的宽棉外衣。外衣里的小宝宝对着圆月张开双手，向少女说："把月娘摘给我。"绘本的下一页，少女从洗澡盆里捞起月光给小宝宝。

后来弟弟出生了。当他还是小宝宝的时候，我期待着他会不会叫我摘月娘给他。月亮出来的某个晚上，我故意带弟

---

① *Hänsel und Gretel*，又译为《糖果屋》。

弟去院子，把他的头高高往上推，强迫他看月亮，但弟弟压根儿不理月亮，只是"哇哇哇"地乱挥双手。我不死心地说："你看，是月娘喔！月娘！"

妈妈骂我："你在哪儿学的？月亮就月亮，不要乱叫。"我羞到无地自容。

我知道一首歌叫《月亮沙漠》[①]。

后来我认为月亮是为了《月亮沙漠》里的王子和公主才存在的。《月亮沙漠》这首歌让人感到孤独寂寞，从那之后我宛如得了强迫症，看月亮时必须感伤才行，所以仰望月亮立刻变成感伤的"巴甫洛夫之犬"反应。仔细想想，被月光照了一两个小时，想一直维持感伤也挺累人的，顶多五分钟或十分钟刚刚好。

有个朋友从事制作道路地图的工作，一整年都和太太开车在路上跑。有一次在日落后的漆黑山里迷路了，到处找不到住家，完全迷失方向。黑漆漆的深山里飘着一股妖气，令人毛骨悚然。迷路两小时后，忽然抬头一看，树枝间透出朦胧的光芒。朋友说："我从没有那么开心过。啊啊啊那里一定有人。想到朝着那个光亮走就能得救，整个人振奋起来，勇敢朝上面爬了上去。结果啊，原本以为是住家的灯光，竟

---

① 日本童谣，加藤雅作词，佐佐木英作曲。歌词内容描述穿着白衣的王子和公主各骑着一只骆驼，载着金瓮与银瓮，缓缓地走在月色朦胧的广大沙漠里，不知究竟走向何方。

然是月亮哪！"

"五岁时，我罹患过热病。那时候我做了一个梦。我梦见伯母背着我走在湖边。那是隆冬，有个这么圆这么大的皎洁月亮出现在树枝间，真的很像擦得亮晶晶的珍珠盘子。然后'喀'的一声，湖面中央的冰龟裂了，就这样'喀喀喀'滑走在湖面上。那个声音好好听。湖面像个超大的月亮闪着光芒，我们'喀喀喀'地在冰上滑行哟。

"后来我知道，诹访湖的'御神渡'①是真的，从开始结冰那天就会出现这种现象。我可没有去过那里哦，所以我认为是我的灵魂真的去过那里了。不过别把这件事跟我的孩子说，他们会说我脑壳坏掉了，还会讨厌我。"

头发闪着银光的朋友的母亲这么说。我觉得这一点儿都不奇怪，说不定真的有这种事。我和她坐在厨房窗边的餐桌旁喝茶。

"啊，月亮好美啊。"她望着窗外说。从隔壁的屋顶可以看见泛红的圆月。

"我五岁的时候啊，得过热病哟。然后做了一个梦。我梦见伯母背着我走在湖边。那是隆冬，出现了一个这么圆这

① 源于长野县诹访湖的浪漫传说。每年严冬二至三月，只要连续十天以上气温低于零下十摄氏度，冻结的诹访湖就会出现龟裂突起的痕迹，传为"诹访大社上社"的神明渡过诹访湖去会见爱妻所留下的痕迹，因而叫作"御神渡"，也称为"冰面上的银河"。

么大的皎洁月亮，真的很像擦得亮晶晶的珍珠盘子。然后啊，那个圆圆的月亮'唰'地掉到湖中央，发出'喀'的声音，就这样'喀喀喀'在冰上滑行哟。

"那个声音好好听。然后又'唰'的一声，月亮又掉到湖的中央去了，好多好多月亮就这样掉了下来喔。刚才我跟你说的诹访湖御神渡是骗你的。月亮变得越来越薄，因为剥落掉到湖里去了。再过一会儿，月亮不见了。然后夜晚就变成一片漆黑。我看得见哟，你看，月亮又剥落掉下来了。

"你要保密哦，不能跟我的孩子说！"

我看过《卡奥斯》①这部电影。里面有个满月之夜，男人变成狼的故事。男人在原野中的一棵大树下，对着月亮号叫。

---

① 《卡奥斯》(*Kaos*，一九八四)，又译《乱——西西里故事》，改编自意大利作家皮兰德娄(Luigi Pirandello，一八六七—一九三六) 以西西里岛为题材的五个故事。

CHAPTER ②

整团乱糟糟直接带进坟墓

年轻代表着残酷与迟钝。我十九岁时，看到年过三十的人会想，人生有什么乐趣吗？但若问当时十九岁的我，是否充分享受了十九岁的人生？其实我半个男朋友也没有，孤单又寂寞。

在三张榻榻米大的宿舍里，我为了排遣孤寂拼命写学校作业。当时我有种错觉，以为把学校作业写好就会有美好的未来。

但两者似乎没有关联。当时虽然孤单寂寞，却很高兴能和家人分开。我虽然孤寂，但也很排斥家人的烦琐。我非常想交朋友，但朋友是磁铁，我也是磁铁。

关灯溜进棉被后，仿佛听到蛞蝓从共享厨房那边爬过来的声音，就算听不到声音也很怕它们爬过来。我怕的不是蛞蝓很恶心，而是蛞蝓让我意识到我孤零零一人窝在棉被里。我很想找人说话。我不是基督教徒，也不是佛教徒、穆斯林，却呼唤了神明。不属于哪个宗派的神明穿着草鞋从天而降，反正不管谁都好，那个谁都不是而且没见过的神明是个中年男子，无限宽大地接受了我，我就这样睡着了。

　　或许现实不像我烦恼的那么严重。任凭哪个十九岁的人，都会对自己又穷又没有才华抱持同样的烦恼，这是无法解决的事。然而会烦恼这个，正是悠哉年轻的象征，时而乐观、时而悲观地认为这是无限的未来所赐予的。

　　有时宛如被吸引般去阿姨家。阿姨家经常有有血缘关系，但莫名其妙的人赖在那里。阿姨的祖父的妹妹的儿子洞房花烛夜那天，掀开头纱发现新娘和照片上的长得不一样，新郎气得闹别扭只管睡觉，但现在老婆也是这个人。"我跟你说，秀雄整天说他老婆的坏话，但已经四十年了哦，小孩都有五个了。"阿姨抽着烟对我说，还怂恿我这个未成年人抽烟。

　　我坐在暖炉桌边说这世上稀奇古怪的事还真多，附近的大婶大刺刺地从后门进来，穿着棉绒足袋 ①，坐进暖炉桌就开始讲儿媳妇的坏话，滔滔不绝讲了好几个小时。我觉得她实在太扯了，不由得在心里碎念："你这个蠢女人，要把儿子当作自己的所有物到什么时候呀！"不过她儿媳妇说"鱼的尾巴对身体比较好"而故意把鱼尾给她吃的事太有趣了。但

---

① 日本短布袜，此处为棉绒制，较为保暖。

婆婆也不是省油的灯，立刻回呛："既然对身体好，那也得给这孩子吃。"就把孙子的鱼换掉了。我实在受不了了，只好回去我那三张榻榻米大还有蛞蝓出没的宿舍。

接下来十年，我没有任何明确目的地住在柏林。

我又孤独一人了。这种孤独是来自和生养我的日本文化分离了，即便我从未意识到那是生养我的文化。我住在一间朝北的白色小房间里，傍晚会听到孩子们唱歌。有时唱"笼中鸟，笼中鸟"或"花一束"，让人感到寂寞哀伤，但等他们长大后再唱"笼中鸟，笼中鸟"，可能会有截然不同的怀旧感吧。连"怀旧"这种事都有微妙的不同，或许我永远无法理解欧洲人。

还有，这是个充满老太婆的小区，经常可以看到一群群老太婆。我的寄宿处旁边有一栋新盖的养老院。白墙上镶嵌着美丽的飞鸟画，侧门经常有老太婆拄着拐杖或拎着篮子鱼贯而出，而且一定穿黑色洋装，走路时拖着脚。我觉得她们拒绝了一切。她们用拒绝来主张个人，自尊心看起来也很强。

从我的厨房可以看到一间大房子，里面的老太婆点亮唯一一盏红色台灯后，动也不动坐在屋里。我甚至不知道她什么时候吃饭，什么时候起床，她就那样动也不动坐着。

我的寄宿处有个七十岁的老太婆，当隔壁房门的女儿一家人在享用下午茶时，她总是臭着一张脸靠在暖炉边。

女儿没给她一杯茶或一块饼干。到了晚上，老太婆在垂着流苏的老旧落地灯下，用磨损的扑克牌占卜，一占就是好几个小时。

都七十岁了，还有什么未来可以占卜。那时依然残酷的我在心里念叨。

到了公园也有成群的老人坐在长椅上。他们只是坐着。我一回神总是被老太婆夹在中间晒太阳。

有一次，旁边的老太婆还突然用双手紧握我的手，一直对我傻笑。

走在路上时，有个老太婆步履蹒跚向我走来，还高举双手。走到我面前时，她用双手夹我的手上下甩动。

我起初以为她可能认识我。但老太婆甩甩我的手，然后就转身走了。走了之后还回头，像在唱牧歌似的表现她所有的慈爱，对我挥手道别。一直挥一直挥，挥了好几次。我不认为她们有把自己的老后境遇归咎于谁而愤愤不平。我反倒觉得，她们认为在漫长的历史中，这是一个人走到最后应有的状态，也接受了这份孤独。但是，即使漫长的历史与习惯彻底灌输到个人心里，孤独依然是孤独。

如果我的德文说得很棒，可以陪她们聊天，她们可能不会放我走吧。身为一个日本人，对于日本老太婆有可恨儿媳妇而承受的不幸，或是拥有应该感谢的家人，在小小的集合住宅里必须面对血缘的现状，以及日本的贫穷和社会福祉的落后，等等，我代表日本感到羞耻。但若社会福祉进步，变成这样是好的吗？这就很难说了。

连个可恨的对象都没有的孤独，和有可恨的对象的不幸，不能放在同一个天平上衡量吧。

日本人在斩不断的血缘葛藤中哭泣、愤怒、疲惫，但也在这种血缘中活出了自己。

如今日本人正在急遽变化中。这种变化或许难以阻挡。我们为了确立个体企图切断纵向联结的血缘。

然后明白了即使成为个体，人只能以个体活下去，便强烈地想拥有个体和个体联结的男女关系，就陷入西欧人的那种孤独里。

但我有点儿乐天地认为，或许不会变成这样。

"日本人真了不起啊。用红豆馅和面包就做出了红豆面包。用咖喱和白饭就做出了咖喱饭。即使是模仿而来也能做出不同的作品，简直是天才啊。"我儿子吃着咖喱饭时这么说。

"还从汉字里创出了平假名和片假名，真是太狡猾了。"

狡猾就狡猾，很好啊。

为了血缘和自我确立，明治以后的日本知识分子百般苦恼写了很多书。知识分子代表日本苦恼着很多事情。

但做出红豆面包和咖喱饭的不是苦恼的知识分子。

一定是穿着木屐和棉绒足袋、从别人家的厨房跑进来、滔滔不绝说儿媳妇坏话的面包店老板做的。

我觉得咖喱饭就像在个人和血缘的大杂烩中产生的孤独对策。即使这么想或许太过天真。

"不要给人添麻烦，不可以给人添麻烦。"这种战后日本的道德观念，应该要重新检讨吧。

承担哭得稀里哗啦的人的麻烦，给哭得稀里哗啦的人添麻烦，这是个大工程，必须有相当的精力、体力与经济能力。但想到连个可恨对象也没有的柏林老太婆们的孤独，就会自暴自弃，不晓得这复杂人际关系的线头在哪里，很想整团乱糟糟直接带进坟墓算了。

寄宿处的老太婆，和在这里只住了四个月的我告别时，伤心地流下玻璃弹珠般的眼泪，哭个不停。因为我是来自远方的东洋人，所以她才会不自觉地哭泣。如果住的是个德国女孩，有着共同文化默契的人，她可能不会哭吧。（一九八二年）

反倒做起料理来了

我并不是特别会做菜，准备下厨时总要鼓足干劲地喊："拼吧！"到底是在"拼"什么呢？其实是在拼怎么把剩菜吃掉。我不敢把剩菜扔掉，尤其残留米粒的更不敢扔。

炒饭和杂烩粥我已经吃腻了，正当不知如何是好，看到中华料理食谱上有一道锅巴饭的做法。

把剩下的白饭在平底锅压平展开，然后油炸，最后淋上芡汁。

勾芡的材料有干贝、猪肉、鲍鱼、火腿、香菇、竹笋、蔬菜等等。书里的照片看起来真的很好吃，而且也蛮有营养的。于是我决定就做这个，去买了食材，一个人做，一个人吃。

剩饭剩菜，通常是主妇独自进餐的午饭。我中午吃了这道锅巴饭，觉得真好吃，太好了太好了。没有浪费原先的剩饭，觉得很满意，松了一口气。

但整个食材费超过 X 千元，以主妇的午饭而言好像也太过了。因为舍不得剩饭就往错误的方向暴走了。我虽然感到懊恼，也觉得笨得离谱，但不用把剩饭扔掉让我有一种成就感。此外剩下的食材也令人挂心，想着想着，啊对哦，来做豆渣料理吧。昨天的红烧鱼卤汁也舍不得丢掉，真是好孩子，好孩子。把干贝和猪肉也放进去，做成一道鲍鱼豆渣不是很棒嘛！于是我出门买豆渣。

我去了超市，但没有豆渣卖。去了豆腐店，老板说要早上才有，现在卖完了。打电话问朋友，朋友说去下北泽的市场随时都买得到。这样啊这样啊，只要花三十分钟去下北泽市场，花三十元就能买到双手捧的那么多豆渣。于是我兴高采烈地回家，然后开车去下北泽市场。开车时想到汽油费，心情又荡下去了。我把买回来的三十元豆渣，倒进我家最大的锅子里，看起来味道挺不错的。可是，这要怎么吃呢？我儿子不太喜欢吃豆渣，于是我打电话给妹妹。"要不要吃豆渣？""我要吃我要吃！"妹妹说得欢天喜地，仿佛在等我邀她来吃饭。

妹妹辞掉工作当家庭主妇，老公是猛烈工作到半夜的勤奋者。"说到为什么不离婚呀，因为我讨厌一个人吃饭。"真是对婚姻有正确认识的女人。"三十元？这么多？"妹妹打开锅盖，叹为观止。妹妹和我都是认为"这个很有营养哦"就会吃一大堆的人，但豆渣这种东西本来是应该放在小钵里，只要一点点就够的食物。于是我把豆渣装在保鲜盒里，使劲地压啊压，压了满满一盒叫她带回去给猛烈老公吃。

尽管如此，三十元的豆渣还是剩了一大堆在锅子里。我把它放进冰箱，但妹妹离去时说的那句话让我很在意："豆渣很容易坏，要趁早吃完哦。"害我连画猪的时候也在想："那锅豆渣怎么办？"搞得心神不宁。"对了，拿来做可乐饼吧。"我霎时像复活似的，意气风发地向猪说再见，然后兴冲冲地做起没吃过的豆渣可乐饼。因为有点担心，先炸一个试吃看看，结果味道不错耶！我打电话给妹妹："要不要吃豆渣可乐饼？"妹妹的反应是："咦！"但来了以后说："很好吃哦。"还有剩饭和腌过头的小黄瓜，黏在玻璃罐底的锦松梅，用破掉的蛋做了煎蛋，还加了鲹仔鱼，把紫苏叶切碎拌成紫苏饭。

此外也做过"这种组合太瞎了"令人毛骨悚然的料理，例如用奶油炒早上吃剩的纳豆。但我依然不死心，瞪着令人毛骨悚然的纳豆心想："对哦，把这个塞进油豆腐里拿来煎，然后配萝卜泥吃不就好了。"还有一次在大阪烧里放了纳豆，根本就不能吃！"没关系，给狗吃吧。""咦？狗吃这种东西吗？"我把奶油炒纳豆拿给狗吃。真不愧是我养的狗，它吃得津津有味呢。好乖好乖。

就像这样，青葱的绿色部分有剩就做起叉烧肉，芹菜变老了就拿来做蔬菜牛肉锅，反倒做起料理来了。

　　我去轻井泽道子的别墅。道子这个人很妙，就算失恋，吃饭时间一到就忽然不哭了，下厨做鸡肉丸之类的来吃，吃完又哭了起来。吃早餐的时候，她眼睛闪闪发亮地问我："你午餐想吃什么？"然后把牛肉啦猪肉啦羊肉啦，整块像腌酱菜的石头"咚"地放进烤箱里，最后还淋上地道的酱汁，吃得整个人都亮起来了。无论什么菜，她都坚持做地道的、正统的、堂堂正正的料理，绝不偷工减料。住在道子的别墅时，我们每晚都堂堂正正吃着堂堂正正的料理，真的很幸福。"今天是最后的晚餐哦，你想吃什么？"道子开心地问。"等等，等一下。"我担心得要命。"让我来整理剩菜剩饭吧。""好啊，瞧你干劲十足的。"这天的晚餐实在是难以理解的组合。大蒜炒剩饭，生菜上面放了黑黑的东西，吃剩的烤猪肉剁碎炒味噌，淋着吃剩普罗旺斯杂烩的意大利面，用剩的玉米粒拌紫苏叶调酸奶油，放了吃剩面线的清汤。

　　或许有人会佩服地说："嗯，不愧是家庭主妇呀。"也或许有人想跟我要做法。感谢大家的捧场。但用剩菜剩饭，无法再度做出相同的料理。这种菜和道子的料理相比，总觉得不够华丽，也没有明星样。说穿了就是穷酸味。我不晓得道子是否吃得很满意，但我对能把剩菜剩饭全部吃完，有种爽快的满足感。

不仅是食物。忽然看看自己的穿着，身上穿的是十年前朋友送的衬衫，脖子上挂的是从坏掉的水晶灯上拆下的玻璃珠，在某个跳蚤市场花十五元买的。当我发现自己的脖子上挂着十五元的玻璃珠，却在向朋友订购银锁时，不禁暗忖糟糕，真的很想哭。但无论如何，能用这十五元的玻璃珠做成项链，我感到很大的满足。不过，还是不够华丽啊。

我会一辈子这样活下去吧。（一九八六年）

正确的帝国宾馆

回家途中的高速公路出口立着一排广告牌，上面写着"反对兴建宾馆"。只要反对就不能盖宾馆吗？我不知道事情是否严重到不要反对比较好，但联署若传到我这里来，我大概会说"好啊好啊"就签名了。

可是，为什么要反对呢？不去宾馆，例如去赤坂王子饭店做同样的事就没问题了吗？可以在赤坂王子饭店做的事，却不能在宾馆做，是因为很明显"只想做那档事"吗？既然如此，假装不知道不就好了？话说回来，有可以做那档事的正确场所吗？

"在教育上不是好事"是什么意思？循规蹈矩的青少年看到宾馆会突然萌生情欲吗？不纯洁的性行为只有在未成年，成人就没有不纯洁的性行为吗？时下的年轻人结婚时，大多不是处女和处男，他们的"第一次"是在哪里做的呢？在车子里，在西晒的四张半榻榻米房间，或是趁爸妈不在家，慌慌张张心神不宁做了"第一次"？这好像不能说"年轻真好"呀。

但找我联署时，我大概会签名吧。我没有"老娘才不签"的勇气。任谁都没有这种勇气。我看到宾馆也不会觉得舒服。我不否定性行为，只是我对上宾馆这种事不感兴趣。我甚至觉得这是一种低级趣味。这种低级趣味会引发肮脏的联想，使得性行为本身也成了一种肮脏的事。涉世未深的少女，第一次想和心爱的人上床时，被带到昏暗肮脏的洛可可式建筑物内，这样爱也会变成肮脏的洛可可式吧。

若不是洛可可式，就是打造成虚有其表的中世纪城堡。但只要它是"宾馆"，应该没有女生会说："哇！好棒哦，好像在做梦一样。"男生也一定很难为情。但男人是一种功利主义者，他不会管这么多，反正闭上眼睛哪里都一样，不会啰啰唆唆只想赶快办事，所以洛可可式或虚有其表都无所谓。并不是有宾馆才产生情欲，而是产生情欲时"你看你看那里有宾馆哦"，人们讨厌的是这种宾馆招来的廉价低俗厌恶感。

比方说，黑川纪章①要打造一间富有建筑权威的饭店，规定只有循规蹈矩的青少年才能进去。偏差值②要 65 以上，人格

① 黑川纪章（一九三四—二〇〇七），日本知名建筑师。代表作品有中银胶囊塔、日本红十字会、名古屋市美术馆、吉隆坡国际机场等。

② 日本对于学生的学力计算的公式值，也是升学的参考数值，数值越高越能报考一流大学，如东京大学或早稻田等名校。

健全，容姿端丽，当然女生也一样。入场资格像考进一流大学一样困难。令人憧憬的宾馆。在这里进行的是，正确且干净的性行为。

所以各位，为了能去这间了不起的帝国宾馆，大家好好念书，锻炼身体吧。让孩子们成为堂堂正正的成人，拥有美好又正派的性爱。各位教育妈妈们，这在教育上是好事，所以请在支持兴建帝国宾馆的联署书上签名吧。

但是，时下年轻人的品位越来越好，不喜欢直接露骨的宾馆，似乎比较喜欢具有城市风情、明亮开朗的饭店。也有报道介绍过这种时尚饭店吧。在信州高原的南都笠取，看到打造成奇洛林村①模样的简易旅馆群前面，竟然有年轻到不像话的情侣，我顿时在心里嘀咕，你们在这种廉价蛋糕的东西里干什么呀，这样不会太软弱吗？这么说来，脏兮兮的洛可可风是中年外遇的嗜好喽。哎呀，真讨厌，真是不愉快啊。总之，人们对别人的性行为是不愉快的。

但话又说回来，那个反对广告牌的字能不能改一改啊。像扔泥巴般写出来的字，脏兮兮地乱写一通。请稍微用点儿大脑，至少用 DNAR②字体。这对小孩的教育很好哦。（一九八六年）

---

① 日本 NHK 电视台于一九五六至一九六四年间播出的木偶剧。

② 字体名称，特征为舒缓温和的粗黑体。

孩子
只要活着就好

"喂，道子。""是，是。"打从十八岁起的三十年（啊，三十年），我们拥有如胶似漆的友情，因此光是听到"是，是"，我就知道情况不对了。"你怎么啦？"

"我跟你说，一郎的脖子骨折了。""啊？情况怎样？""医院打电话来，说没有生命危险，叫我别担心，不过我还是要搭明天最早的飞机去看看。我家那个笨老公，不晓得去哪里喝酒了，根本找不到他。"我立刻过去一看，道子嘿嘿嘿地傻笑，令人提心吊胆。

终于找到的老公，带着一盒寿司回来，念高三的妹妹和老奶奶一脸铁青。

"老公，你来念这个。我今天没心情念。"道子把刊载井上靖写的《母亲手记》的《每日周刊》扔给他。好好好，可能想缓和气氛吧，老公也假声假气地开始念。老奶奶摆出一张臭脸。

"那个女人是猫。我第一次带阿靖来的时候就隐约看出来了……""喂，浴巾还是要三条吧。"根本没在听。

道子和老公，隔天一早就从羽田飞去福冈。这天深夜，道子在我家电话录音机留了言。她很讨厌录音机，每次都咔嚓就挂断了，这次录得宛如在我面前讲话一样。"我跟你说，那孩子简直像个怪物。脖子撞到骨折，明明脱臼了，神经居然毫发无损，医生也很惊讶说这是奇迹。他现在理了个大光头，头上被开了一个洞，戴着护套，一厘米也不能动，但手脚全部会动哦。嘿嘿嘿。我跟你说，连吃饭都大口大口地吃呢！拿着镜子吃饭团，因为不可以让头乱动，所以用镜子照着头。那孩子变得很灵巧。还说'日本人还是要吃米饭'这种话呢！呵呵呵。那种伤势明明立刻死亡也不足为奇，这孩子真是命大啊。

"他说是游泳社去海泳撞到的，等骨头和骨头之间稍微舒缓之后还要动手术。那孩子担心的居然是'大便怎么办？大便怎么办？'，叫我去问问。'你不知道有一种东西叫便盆吗？'我去问了护士，结果护士说不能用便盆，会对脖子造成影响，要包尿片啦！呵呵呵。我回来跟他说'你要包尿片哦'，他直呼太丢脸了！太丢脸了！啊哈哈哈，活该啦，哈哈哈！

"还有啊，宿舍里的同学轮流来看他哦，大伙儿哈哈大笑。原本以为他已经死了，看到他那个大光头，开心得不得了。大学的老师也来了，说什么'你的头开了一个风穴，通风应该好多了，内部也会好起来吧'，哈哈哈。那孩子啊，小时候也撞过头，被说过同样的话呢。哈哈哈。然后老师还说：'去买个阅读架，好好用功念书哦！''啥？我不想看教科书啦！'结果我把他的教科书全搬来了。哈哈哈。那孩子真的命大啊。我跟你说，孩子只要活着就好。活着就要觉得很感激了。你的孩子也一样，只要活着就好，不可以发牢骚哦。哈哈哈。那孩子居然完全不会痛耶，明明脑袋开了一个洞。我很担心开刀以后，医生会不会说他没有神经。不过孩子活着就好啦。我老公也说，我真的生了一个好孩子，很感谢我呢。哈哈哈。我明天晚上会回去，哈哈哈。"

这一定是道子一生最开心的时候。太好了，太好了。真的太好了。我要把这卷带子做成永久保存盘。从电话录音机拿出来的小小录音带，看起来闪闪发亮，绽放着耀眼的光芒。我也觉得一郎是神明再度赐给我们的人。太好了，太好了，真的太好了！（一九八六年）

不，我想吃哈密瓜

人家送了我四个大哈密瓜。不是直接送给我，是收到六个的人，分了四个给我。

收到六个哈密瓜的人，是怎样的人呢？我不禁觉得这世界的等级排行是用哈密瓜衡量的。以前我住院收到一箱哈密瓜时，啊，我终于也到了人家会带哈密瓜来探病的程度了，真是一条漫漫长路啊。一个人默默地感慨良深。

儿子放学后心不甘情不愿来看我，切哈密瓜给我吃。他把哈密瓜对切成两半，像抱着海碗一样挖着吃。

"太酷了！妈妈生病居然能收到这么棒的东西。这是真的哈密瓜耶！"

我把半个哈密瓜分给儿子吃，心想儿子应该会很感谢，在我身边多待一会儿吧。不料他哈密瓜挖到只剩一层皮后，立刻说"抱歉哦"就走人了。因此我常想，一次给儿子吃半个哈密瓜，在教育上是很大的败笔。如今我也这么认为。

这次收到的四个哈密瓜，我一个个用薄纸包起来，在蒂头打了红色和绿色的纤细蝴蝶结。

有个读初三的女生来家里玩看到了冰箱里的哈密瓜。

"哇，阿姨，有哈密瓜，我要吃。"

"好啊。"

反正有四个嘛。女孩自己切了四分之一，拿到饭厅的餐桌吃。四分之一会不会太大块啊？不过反正有四个嘛。

"我可以再吃一点儿吗？"

"好啊。"

这女孩身体微恙向学校请了假，毕竟生病嘛，吃点儿哈密瓜刚刚好。十五岁少女的白皙纤细手指忙碌地转动，终于干掉整整两个哈密瓜时，我觉得这种事上报的话会是"犯人干光了早餐"。一定要用"干光"才到位。这女孩有点儿怪吧。

这女孩就算吃十个橘子，我的反应也不会像哈密瓜这么激烈吧。

我背着儿子，切成细细一片慢慢吃。我不是故意躲着他吃，但不知为何总在儿子不在的时候吃。家里明明只有我一个人，居然还吃得偷偷摸摸。妹妹来了以后，剩下的也是偷偷地吃。

结果哈密瓜只剩一个而已了。

朋友来家里玩。

"我跟你说，我有哈密瓜哟！"

"咦？不会吧！"

面对哈密瓜要说"不会吧"才是正确反应。

"锵！"我把哈密瓜高高举起。

"你看，你看，还有打蝴蝶结哦。"

"哇！不会吧！"

我拆掉薄纸，把哈密瓜对半切开。瓜汁滴在砧板上。桃太郎的奶奶切桃子的时候，心情也没这么好吧。毕竟桃子中间有个硬硬的核。然后再把半个哈密瓜对切，放在盘子上。

我把有蝴蝶结蒂头的那片献给她。"咦？这么厚？你也太夸张了，我有生以来第一次吃这么厚的哈密瓜呢。所有水果里，我最喜欢哈密瓜了。最喜欢！口水都流出来了。"

流着口水的她，一口一口把哈密瓜送进口中，每吃一口都会说"啊——啊"。

吃哈密瓜就是要跟这种人吃。啊，真好吃。

"我跟你说，我好幸福哦。真的好幸福。幸福就是这种感觉吧。"

吃完之后，我痛切地看着哈密瓜的皮。四分之一的皮躺在空旷的盘子上。

就在这时，我儿子回来了，还带了朋友来。"吃过饭了吗？""吃过了。"然后儿子就上二楼去了。太好了，他没有察觉到。

但儿子的朋友却磨磨蹭蹭地待在客厅。"你想喝点儿什么吗？"

"不，我想吃哈密瓜。"

儿子的朋友察觉到哈密瓜皮了。

"哎呀，你的运气真背。这个啊，真不巧，我们刚刚才吃完的。"

"没有了吗？"

"就说刚刚才吃完。你的运气真背呀。"

"运气真背啊。"儿子的朋友也上二楼了。我的朋友在暖炉桌下踢我。

"真是千钧一发，你居然敢说那种话呀！"

"我才不要给他们吃！喂，我们把剩下的吃掉吧？"

"不会吧！不会吧！不会吧！嗯，吃掉吧！"

我们趁着儿子还没下楼之际， 大口大口、偷偷地、一口气吃掉剩下的半个哈密瓜。啊！好爽！今天也过得很爽。

日后朋友常常这么说："那个哈密瓜实在太好吃了，还绑着蝴蝶结呢。"收到六个哈密瓜，把四个分给我的人，一定很喜欢我。（一九八六年）

"野野宫"拿来 "天使的道具"

　　我有个和美智子妃殿下同一所学校毕业的朋友，她是身份高贵的千金小姐，从幼儿园就开始念这所学校。小学一年级时，她受邀去朋友家做客。十五六个六七岁的小女孩坐在饭厅的长桌旁，餐点是整套的全餐。

　　身份高贵的千金小姐也是第一次吃整套的全餐，不知如何是好东张西望之际，只见这家的千金小姐用汤匙喝一口汤后，唤了一声："野野宫。"在一旁伺候的管家立即趋身向前。六岁的千金小姐说："这个汤凉了。"于是野野宫撤下所有的汤品，不久热汤再度上桌。吃完甜点后，千金小姐再度呼叫："野野宫。天使的道具。"过了一会儿，野野宫双手高高地捧来一个大箱子，里面装了天使的羽翼、白色衣服、金色皇冠之类的东西。孩子们装上大翅膀玩耍。朋友跟我说过这件事。

　　我的这位朋友现在是二十八岁的编辑，那时她六七岁，所以是距今二十多年前，当然战后也过了二十年了。那究竟是个怎样的"家"呢？因为我是属于和这种阶级天差地远的下层阶级，所以更觉得不可思议。

还有，"野野宫"这个姓氏很适合管家吧。若是山田或佐野就太过平民百姓了。我把这件事跟朋友说，这个朋友的十三岁女儿一脸狐疑地说："这个野野宫，可能是她爸爸假扮的吧？"她用很实际又好像不实际、很惊讶又好像很遗憾、很羡慕又好像傻瓜般的口吻说。另一位朋友则说："我根本就像天生的野野宫。我老是处于有事一定叫我去做的立场，然后很乐于被使唤，现在一不留神还是会当起野野宫。"

另一个朋友说："你要知道，这个世界是靠阶级形成的。野野宫把汤拿回厨房后，可是会愤愤地踹门，在厨房发飙骂人，然后一定也有人向野野宫说'对不起哦！'在当年那种情况下，像我这种人八成是被野野宫臭骂，蹲在厨房削马铃薯的。"

世界变得越来越太平真是太好了。当年把天使的道具装在背上玩耍的千金小姐，如今在哪里过着怎样的生活呢？搞不好若无其事地在当家庭主妇或职业妇女呢。

朋友说，这个世界变得越来越无趣。其实人对什么感到有趣，对什么感到遗憾，都是来自差别。例如水汪汪的大眼睛、鼻子太低、脑袋聪不聪明、幽默品位的微妙不同、那个男人帅不帅之类的议论， 其实都是在比较高低差别。乃至于有没有钱， 有多少才华，等等， 没有差别就无法成立。现在到哪里都是同样的家庭和生活水平，全日本都是中等家庭。所以"野野宫"的事才会立刻变成笑话。"你今天要当野野宫吗？不然我可以来当哦。"就这样硬叫别人开车。（一九八六年）

杏桃无花果
香蕉树

　　《乱世佳人》结尾有一幕，郝思嘉握着塔拉的红土说："我有塔拉。明天的事明天再想吧。"当时我还是个小孩子，不懂对土地热爱与坚持的意义。

　　不过我家是连一撮土都没有的家族。土地是别人的，房子也是别人的，我们一直生活在租来的土地和房子里。父亲在租来的土地上种植蔬菜和花卉，一个季节结束后，这些蔬菜与花卉的生命也结束了。父亲连一撮土也没有，死在公司宿舍里。

　　地面与天空，以及存活于这之间的所有大自然，都不属于任何人，而是全体人类，我一直以这种想法在过日子。我会这么想是因为我一无所有，但人类似乎也能拥有大自然。我去庭院广大的豪宅玩，也不觉得有什么好羡慕的，但看到院子里有结了果实的树就"好好哦！"自卑起来了。

　　小亚爬上无花果树，摘下无花果，一个人狼吞虎咽吃了起来。

我一直在树下等，直到小亚跟我说："洋子，摘来吃没关系哟！"我才欢天喜地地勇敢爬上去。但我还是有所顾忌，不敢摘看起来最大颗最好吃的，怕人家觉得我厚脸皮。

小亚家的院子也有杏桃树。杏桃比无花果更红更可爱，更像水果；看起来也比无花果更了不起，像是女生的树，我也想要杏桃树。小亚对待杏桃树，并不会比对无花果树宽大。

这里还有柿子树。小亚爬上柿子树就会变成猿蟹合战①的猴子，拿着绿色的柿子扔经过树下的小孩。但不是任谁都能爬上柿子树当猴子，能当猴子的只限家里有柿子树的小孩。

田里的稻子结穗，然后终于变成白米做的饭团，这种想象力光是看到田里的稻子无法涌现，所以我向来不觉得稻田有什么好羡慕。

我羡慕别人家院子有果树，仅止于孩提时代的一段时期，后来水果是在水果店或蔬果店买的东西，所以还是要跟自己

---

① 日本民间传说。主要描写狡猾的猴子欺骗杀害螃蟹，遭到螃蟹的孩子以及朋友们报仇的因果报应故事，但各地内容有所差异，此处仅谈与本书相关部分。"柿子"在这个故事里占重要分量，起初是带着饭团的螃蟹，遇到一只狡猾的猴子，猴子想拿柿子的种子和螃蟹交换饭团，螃蟹起初不肯，但猴子说饭团吃完就没了，柿子的种子会长出很多柿子。螃蟹答应了，后来也种出结实累累的柿子树，但螃蟹摘不到柿子，于是拜托来访的猴子摘取，可是狡猾的猴子只顾自己吃，听见树下螃蟹喊话，便摘了青涩的硬柿子，朝螃蟹扔去。

的钱包商量。之后我搬到都市生活。都市的生活是，一切都要和钱包商量的生活。住在都市的人，偶尔想去欣赏一下大自然，想在大自然里走一走，也都必须和钱包商量。如果钱包够饱，也有可能拥有大自然，可以在山里海边买土地，欣赏活在天地之间的生物，一亲大自然的芳泽。

我的钱包不够饱，无法购买大自然或大地的一部分，所以碰到别墅推销员来卖房子，我就会莫名地恼羞成怒，对人家破口大骂。自己也觉得不可思议，干吗恼羞成怒把人家骂成那个样子。可能是像以前的美洲印第安人那样，认为大自然并非人类的所有物吧。

对别墅破口大骂，但在都市租房子搬来搬去也觉得很麻烦，趁着心绪大乱之际，我买下了一小块土地。思想这玩意儿根本不管用，到头来称王的总是庶民的斤斤计较。瞪着到处都是大石头小石头的狭小四方形院子，我想："啊，对哦，在这个院子种些果树吧。像小亚家种的无花果树、杏桃树、柿子树，还有桃树、李树、葡萄树、橘子树也来种种看吧。哪一天发生战争，我还能吃柿子和无花果活下去。"

当我盯着院子瞧，儿子跑过来说：

"妈，种一些会结果的树吧。"

我顿时目瞪口呆地看着儿子。难道你在哪里的猿蟹合战当过螃蟹吗？你不是在集合住宅出生长大的都市男孩吗？

"我想爬到树上大啖香蕉。"香蕉啊。

之后过了三年，我只种了一棵无花果树。在这贫瘠的土地，瘦弱的无花果树连半颗无花果也没结出来，和拥有广大棉花田的郝思嘉不一样啊。（一九八六年）

没有明天 漏水的茶壶

　　我在美国乡间的土产店，买了拼布做的眼镜袋。鲜丽的橘色布中间，有一条紫绿纹路的蓝色鱼。做工细致到宛如有强迫症，美得令人惊艳屏息。做这样一个眼镜袋，要花好几天的工夫吧。想到那个做工和毅力，这个价钱似乎太便宜了。可能不是美国制的，而是秘鲁或中南美印第安的老太婆，一边看顾小孩，一边以超快的技巧缝出来的吧。

　　我每次看到这个眼镜袋就会想是谁做的呢。一针一线的细腻工法，真的让人很感动。我经常摸摸它，提醒自己要好好珍惜，就这样把它摸脏了。要是这个眼镜袋不见了，我可能会急得像家猫跑出去了，到处徘徊寻找吧。

　　我买了一只茶壶。

　　在青山的巷子里闲逛时，看到一间有点儿装模作样的店面橱窗，摆着看似小有名气的陶艺家做的盘子、小钵和茶壶，我看了价钱在心里"哇！"，买下了这只茶壶。

其实买的时候我犹豫了三十分钟以上。价格虽然有点儿贵，但这不是量产的，而是手作的。我把茶壶底部翻过来看，壶底甚至有作者难得的签名。这毕竟是一天要用五六次的东西，稍微奢侈一下应该没关系吧。在我左思右想之际，店里有位中年妇女，穿着草木染的苔绿色洋装，即便没化妆也充满自信地露出知性的额头，头发优雅地梳成发髻，散发出一种与流行对抗、喜欢真品的雅致气质，以一种半强迫购买的态度站在那里。尽管如此，我还是忍耐了三十分钟才下决断。

买回来一用才发现，这个茶壶会漏水。这是什么跟什么，这不是商品吗？那这个签名又算什么？这让我想起，我以前买过一件手染的裙子。摸一摸裙子，手会变成黄色。当裙子上洒到了什么东西，用毛巾去擦，毛巾就变成沾了染料的抹布，而且一洗就褪色了，把我气得火冒三丈。有一次人家送了一块手织的布料，我把它拿去做成洋装，才穿一次，屁股那里就脱落了，变得像袋子一样。

你们到底在做什么东西呀？你们以为这是艺术吗？艺术是没有用的东西。既然来到必须有用的领域，就不要摆出一副艺术家的模样。我乡下老家的老婆婆，农闲时随便织的条纹木棉布，可以从和服做到外褂，从棉被套做到抹布，而且都有五十年的寿命哦。这才叫作手作。

乍看装得很朴素，把生活感弄得云淡风轻的样子，这比暴发户用花枝招展的名牌精品装得富丽堂皇还更差劲。

可是，虽然我勃然大怒，却也无法把这个漏水的茶壶摔破。毕竟这是我左思右想、小心翼翼痛下决心买的。很懊恼，很可惜。于是我一手拿着茶壶，一手拿着抹布，快速擦掉漏出来的水，就这样喝茶。

我买的茶壶，毕竟是我买得起的，所以根本值不了多少钱。我知道现在一定也有兼具艺术与实用的茶壶或钵碗，也有能用上几十年的"棉绸"或"染织品"，但这种东西通常是少部分有钱人使用，和我们一般普罗大众无关。

在青山的茶壶签名的陶艺家呀，如果你希望有钱人也能买你的作品，你得好好努力再努力，只要有点儿不满意的作品就摔破吧。价格也不能标得太合理哦。这样会没饭吃？艺术家的装模作样，就是拿来换没饭吃的事呀。志气要高一点儿，不要媚俗向一般大众送秋波。一般大众的我，不可以走进装模作样的店。要去冲百货公司的"年度清仓大甩卖"，比较适合我的身份。

话说回来，我这个眼镜袋真是做工精细、诚实、美丽又无敌可爱。我拥有的手作作品里，彻底贯彻手作精神的只有这个眼镜袋喔。做出这个眼镜袋的人，今天是否也健康快乐地、一针一线在做针线活呢？（一九八六年）

身体不适去泡汤疗养

　　我有一位血缘很近的女性前辈，她身体不舒服说要去泡汤疗养，把四个小孩丢在家里就去草津①了。那是昭和初年的事。她和前来上野车站送行的女学生长女道别时，哭得稀里哗啦。长女也觉得很奇怪。女性前辈就这样一去不回，没有再回到四个小孩身边。她和男人跑了。这位长女是跟我血缘更近的长辈，她说母亲"是个很自私的人"，一辈子都无法原谅一去不回的母亲。对我来说温泉的印象很固定，就是色情的、幽暗的、不健康的。我很想丢下小孩跑掉，但我只能想到坐飞机远走高飞，而且最好是有明亮的太阳、海面闪闪发光的地方，完全缺少阴湿幽暗的情绪。这位女性前辈没有直接对我造成伤害，所以我只觉得"真敢啊"，很佩服她。

---

① 位于群马县，与下吕温泉、有马温泉并称日本三大名泉。

我并没有特别喜欢温泉，也不相信什么温泉的功效。只要水浊浊的我就觉得不干净，若水质澄澈又会怀疑这个温泉是骗人的吧。可是日本到处都有温泉冒出来，想做个小旅行几乎都去泡温泉。我没有机会一个人偷偷去泡温泉，大致上都几个人一起去，"咚"的一声跳进浴池尖叫嬉笑，环顾四周，净是老太婆团体。即使如此，由于我对温泉的既定印象，总不由得东张西望起来，心想会不会有抛家弃子的人妻逃来这里。不过现在或许已经不是那个时代了。

　　去年在轻井泽，我第一次去了草津。整个就是温泉区的风情，街道两旁古老旅馆林立，硫黄味扑鼻而来。其中也有木造三层楼，古老却气派非凡的旅馆。我穿着拖鞋和牛仔裤，仰望着这些旅馆心想，在漫长岁月里，各式各样的人走进这些旅馆，也衍生出许多人间故事吧。土产店有一种"汤之花"，把硫黄块装袋贩卖。我买了一袋，倒进朋友别墅的浴缸里。霎时整个浴室都充满了草津街道的气味。

　　"温泉啊，温泉啊。"

　　这一夜我浑身都是硫黄味，连睡衣和棉被也是硫黄味。那位女性前辈和私奔的男人也闻着这个味道，大大改变了人生的路线吗？洗了睡衣以后，硫黄味还是消不掉。

用油漆画出的蓝天，闪亮亮万里晴空

澡堂的油漆画不管谁怎么说，都是绝景。对日本人是理想的景色。

用蓝色油漆涂上大片蓝天，几近视野的正中央有水平线，富士山就坐落在水平线上。有时会有帆船漂浮。用白色油漆画的海边波浪，有的甚至会打到浴池边。

左手边有小岛突出海面，青翠的松树也配置得很好。没有半个人。

我每次去澡堂都会细细观察墙上的富士山画，即使每间澡堂的构图与画风不尽相同，但都断然主张用大片的油漆画。油漆画仿如在说，看吧看吧，我可是绝景哦。但不论去哪里，都看不到澡堂油漆画中的完美风景。这是当然的，因为这是澡堂里的油漆画。

但有时到了很美的海边却没有富士山，或是小岛和富士山的距离太远或太近。穿着比基尼的小姐们挤成一堆，把海边波浪都挤到消失了，或是小孩像苍蝇动来动去，根本没心情欣赏景色。

澡堂的油漆画是理想的拼贴手法，看起来很假但风行全日本，广受日本人的欢迎。

然而我们也在现实里看过太多太多大海之美与变化。站在只看得到大海与天空的海滩，凝望染红逐渐暗掉的天空与大海时，人会变得谦虚起来，再怎么了不起的艺术家也不敢随便在画布上映出这片天空吧。

面对"连画也画不出来的美"，失去了语言。然后环顾四周，所有的一切都是无法画出来的美。

所以我很佩服澡堂的油漆画，居然勇敢地做出"美得像画"的东西。没有人认为澡堂的油漆画是艺术。

有一次我去海边，大吃一惊。

竟然出现了澡堂的油漆画。无可挑剔的富士山和大海、小岛与松树，甚至正中央还刚好停了一艘帆船，真是连发牢骚的余地都没有。

这幅油漆画出现时，在这里的人是什么反应呢？整个喷笑，哄堂大笑。

甚至有人笑到猛捶地面。就在一片笑声中，阳光斜斜地从云间照了进来，像是神明在天上射出的光芒。

美得像画的现实也太滑稽了。

这辈子第一次去威尼斯时，我蹲下来大笑。

我第一次看到的威尼斯，和我小时候在扑克牌里看到的威尼斯完全相同。神经衰弱时，看到扑克牌背面的许多威尼斯，我的心就会怦怦跳。

然后满心期待着有一天或许能亲眼看到这里的凤尾船、石桥、从红白条纹的水面斜斜划出的旗杆吧。尽管知道这毕竟是画，真正的模样不可能和画一样。

我有个朋友，堪称完美的美女。有一次，她坐在我家那个和美女不搭的暖炉桌前剥橘子时，美到令我屏息。

还有，当她靠着大厦的柱子站着，抬起一只脚，用高跟鞋底踩熄香烟时，我感动到不禁怀疑，人类竟能有这么美的动作？

有一次她站在大波斯菊田中，任凭风儿吹动她白色透明的洋装。那时我想起好像在哪里看过这幅画，顿时笑了出来。

毫不紊乱完美的美，为何引人发笑呢？

我看到喜欢的伟大画家的画，都会觉得艺术是一种严重的偏见。

莫迪利亚尼的长脖子女人，如果现实里真有这种女人躺在床上，没有眼球的眼睛不晓得在看哪里，一定会被当成妖怪。

但是在画布上看到这个不存在的长脖子女人，我们的灵魂会受到震撼。我的灵魂被莫迪利亚尼的偏见震撼了。

博特罗把地上所有东西膨胀得像气球；贾科梅蒂以削了再削，再削一次就会消灭的偏见出现。

　　毕加索以过于暴力的变幻无常的偏见，向我们发动强势攻击，一直在逼问："怎么样？怎么样啊？"

　　以世上的偏见来看是丑的，但我们面对这种偏见却失去了言语，笑不出来。唯有这种偏见才能展现的多样真实，震撼了我们。（一九八三年）

为了听父亲夸我是"机灵的孩子"，我总是很机灵

小时候，我家前面有一条柏油大马路。步道旁是整排洋槐树，孩子们成群地在洋槐树下玩游戏。

有时候，真的只是有时候，会有车子通过柏油大马路。车子冒着紫色的烟尘呼啸而去。那时不管我们在做什么都蜂拥而上追在车子后面，大口大口地呼吸，为了吸车子的汽油味。即使车子已不见踪影，我们依然站在马路中间，努力把不晓得还有没有的汽油味吸进鼻孔。

然后想着有一天要尽情把紫色的烟味吸个够。

当时我们不知道汽油有毒。

我看到父亲好像要抽烟，会迅速把烟灰缸和火柴摆在他前面。这时父亲一定会说："真是机灵的孩子。"为了听父亲夸我是"机灵的孩子"，我总是很机灵。递上烟灰缸和火柴后，我黏在父亲身旁屏息等待。父亲吐出一口烟。烟雾无依无靠、歪七扭八地袅袅上升，逐渐融进空气里。我赶忙倾

身前去，抬高鼻子去吸那个烟。鼻子吸了烟以后张开嘴巴"呼呼呼"地吐出来，希望自己也能和父亲一样吐出紫色的烟。

然后我央求父亲吐烟圈。父亲缩起双颊，卷起舌头，小小的"啵"一声就吐出了烟圈，但圆圆的烟圈一下子就消散了。

看到父亲下班回来，我会立刻扑过去，用鼻子在父亲的西装上磨蹭。

布料的味道中掺杂着灰尘味，但也有香烟味。我好希望香烟味可以更多一点儿。

小时候，我不知道香烟的烟有毒。

小时候，我经常把鼻子凑向世上那一点点的毒。它们都是紫色的烟。（一九八七年）

「我的人生很完美」

　　我有胆结石的毛病。大多在半夜发作，所以我上了四次救护车。那真的痛得要命，痛到我打滚、直冒冷汗。但被邻居看到，勇敢的救护车白衣大哥背着我，把我送上警笛声大作的白色救护车时，我真的觉得丢脸死了。虽然很丢脸，但我很喜欢搭救护车。从救护车的车窗看出去，整个视野颠倒很有意思。到了医院打一针就好了。

　　但第五次没有马上好，必须动手术。我实在痛得受不了，既然要动手术就快动吧。我当时真的痛到没力气担心手术有多可怕。但敲定明天要手术时，我就有点儿怕了。晚上睡觉前，护士来打针。"这是很轻的麻醉剂，能让你睡个好觉。"我一觉到天亮，但醒来又开始担心了。

　　我被放在行进时会咔隆咔隆作响的移动病床上。四周张着黑色塑料袋，看起来很不吉利。这时护士又来打针了。这次注射液尚未完全进入体内，我就感受到前所未有的平稳与安详。此时我忽然有种感觉："我的人生很完美。"而且这种感觉是从身体里面涌上来的，宛如身体在唱着欢喜之歌。车子咔隆咔隆动起来了，面对恐怖的手术，我很担心我会不会就这么死了，毕竟也有人动个盲肠手术就翘辫子。

但是，"我的人生很完美"又涌现了。

后来我一下子就康复了，回到日常生活。先前"我的人生很完美"的想法，让我感到毛骨悚然。

虽然我觉得我已经活够了，悲欢离合几十年。但我不曾傲慢到，无论什么情况都能认为"我的人生很完美"。

那究竟是什么药？

那个药冒渎了我的人生。

但因为体会过那种不自然的完美喜悦，我对于任何时候，多么细小的事，都能以自己的力量感受，觉得很庆幸。

即使现在是我人生最低潮的时期，但因为是最低潮，也是最好的。

可恶，那个药到底是什么鬼药。（一九八二年）

谁都不要再发明方便的东西了

我有个朋友的朋友是医生。我一直认为医生都是大富豪，金钱总是滚滚而来。

每个月一次的保险费计算是大工程。以前是把数据输入简单的计算机里，然后雇几个打工的学生来帮忙，太太也跟着一起做，拼死拼活熬夜做了整整五十个小时。终于做完后，全体一起大喊："啊！做完了！做完了！"医生说："好！去吃烧肉吧！"大伙儿就一起去吃烧肉。太太则是喜滋滋地说："明天要去逛久违的东京百货公司。"

这回引进了最新的计算机。以前大家要熬夜五十个小时的工作，这台新计算机一小时就做完了。朋友的朋友霎时茫然了。

不仅茫然还很失望，因为他不能说"好！去吃烧肉吧！"，也不能再和打工学生在一起。太太也不会说"我要去逛久违的东京百货公司"了。

最新的计算机夺走了痛苦，也夺走了喜悦，一个人敲敲键盘按按鼠标，计算机就自己动起来了。这样真的好吗？朋友的朋友陷入苦思。

这就是便利的东西带来的下场。

我已经没什么想要的东西，也不会去想"啊，如果有那个真好"。我的东西已经很足够了。不，应该说太够了。看杂志或电视时，有时也会看到"咦？ 竟然有这么便利的东西"，或是让人恍然大悟、点头如捣蒜的器具。我在工作时，会接触到很多令人惊讶的事物。去百货公司或逛街，也会看到很多惊奇的用品。

以前搬家是邻居或亲戚绑着头巾过来帮忙，连厨房的酱油都收得好好的。现在是搬家公司拿纸箱来，随便出手帮忙还会被说："太太，请你什么都不要做。先生，请你去打小钢珠。"

还有专门帮人年终大扫除的，也有帮人过年送礼。听说还有一种"配色店"，他们会告诉你外出时挑什么颜色打扮最适合。

也有每天帮你买高丽菜或面包的"购物店"。

也有每天更换菜单，帮你送餐点来的"饭店"。也有人专做烂醉如泥时，帮你开车的生意。

我不要再想下去了。我们是人类。人类原本具有一切能力。科学和文明夺走了人类的一部分工作乐趣。但我们却让某些人的某种能力特别发达，创造出"专家"这种人。

平庸的凡人，变成只会掏出钱来买专家做的东西，心怀感激地使用，而不动自己的手脚。活在现代的日本，若想拒绝这种状况，便很难活下去。我也一样，现在叫我用大脸盆和洗衣板洗衣服，我也不要。

也不会去山里捡木柴回来煮饭。人类的怠惰是没有极限的。看到能助长怠惰的东西就一窝蜂跟着买。然后生活过得匆匆忙忙。

印第安的妇女，每天结伴去汲水，每天都在河边滑倒开怀大笑。文明人无法用滑轮打水上来就气急败坏地不干了，老是烦躁不堪又爱生气。印第安的妇女可是滑倒了还会哈哈大笑继续汲水，每天都过得很开心。

我也要继续过不方便的生活，忍耐难以忍受之事，然后瞬间和别人一起说："啊！真要命，终于做完了！"我想享受这种喜悦。可是，可是，走路十分钟就能到邮局，我竟然开车去。讨厌讨厌。我怠惰到根本没有意志这种东西。至少，谁都不要再发明方便的东西了。

别再夺走人类所剩不多的简朴生活。即便是个塑料制的开瓶器。"喂，这个打不开。"

"我来开开看。""咦？哇！开了！你的力气真大！简直像个男人。"至少要把吻男人的喜悦留下来。（一九八六年）

天气比较伟大

我看气象预报都会这么想，人类做的事情实在太僭越太狂妄了，这样不行啊。

居然去预报天气，要是不能百发百中怎么办。然后因为不太准，我也稍稍松了一口气。"不准"意味着，人类挑战大自然，但大自然根本不理会那个小家子气的电视，呈现出走自己路的意志，这让我很高兴。天气还不会照着人类说的走，我觉得很了不起。

天气图我也几乎看不懂。一张蓝色的纸上，有等压线弯来弯去，但我只看得见弯来弯去的白线。里面零零散散放了一些"高"或"低"的字，但这是"高""低"字无意义的配置；播报员拿着一根细细的棒子指来指去，我也完全无法切实感受"低"字的地方天气不好。

小时候，到了傍晚我会踢掉木屐做天气预告。如果木屐反面就是下雨，如果正面就是晴天，只是这样而已。把木屐翻正后，上面沾着泥土，磨损严重的木屐变得脏兮兮的，穿上后能实际感受到会下雨。极其少数会变成侧立的，这就会下雪了。要是连盛夏傍晚的木屐都侧立，我就乐得大叫："啊，要下雪了！"这也难怪，因为真的很少下雪，当然会很开心。就算朋友的木屐测出晴天，那也不关我的事。

又或者明天要远足的话，我会一直丢木屐直到出现晴天为止，或是等朋友的木屐出现晴天。还有当天空染红，我打从心底相信有晚霞的隔天是晴天这种天气预报。比起木屐，晚霞更有力。

然后到了隔天几乎忘了自己做的天气预报，只顺应当天的天气过活。除了顺应当天的天气，我们还能做什么呢？下雨就要撑伞，小心谨慎地保护自己。如果太阳心情好露脸了，就感激地接受阳光，无论身处多么严重的不幸中，从光辉明亮的阳光中也能得到一瞬的幸福。在狂风暴雨中，更该谦虚地明白人类的无力。

人类想知道明天的天气。但拿着细细的棒子指来指去的播报员，其实是没有自信，也绝对无法断定。播报时一定会气弱且谨慎地说："明天的天气……吧。"因为天气比天气图更伟大。（一九八六年）

做『那档事』就会生小孩？

一般相信做"那档事"就会生小孩，这是骗人的。

小孩当然是神创造赐予的。神的宗家是一个人，但下面雇用了黄种人用的、白种人用的、黑种人用的、红种人用的神来创造人类，各有各的宗派教祖，《圣经》《古兰经》《佛经》等等。

通常他们只顾忙于"造人"，但大家集合在一起工作，毕竟是做了几千年的单纯作业，所以工作时也会叽里呱啦地聊天。

早上精神好的时候，他们工作细心谨慎，所以做出来的成果都不错，但到傍晚就越来越马虎了，以脸部来说，例如鼻子要仔细做才能显现出一个人的品格，但是嫌麻烦就用小指头随便戳两个洞。

或是唇形必须以小号刮刀细细刻出立体雅致的线条，但他们却随便用手指把肉黏上去，做出了松弛的唇形。此外不合理地节省脚的材料，随便就丢出武田铁矢那种短腿。

"你也太过分了吧。"被旁边的神这么一说，赶紧发愤图强，小心谨慎修成了一个引以为傲的美女。"美女加入了知性不会有好事哦。"旁边的神又说话了。"我知道啦。"虽然嘴巴这么说，把气息吹进去时，依然试着灌入过剩的知性。

有时还会不由得奉送淫乱与贪婪，这也难怪地上会乱七八糟。近来无论怎么创造，会感谢神的人越来越少，不仅高喊平等、平权、自我认同，甚至有人想夺取神的工作，企图在试管里制造人类。神觉得不是滋味，于是工作越来越马虎，所以宗家就召开会议，要不要干脆全部自动化比较好。

因为地上的人类在做"那档事"时，也越来越欠缺尊严。（一九八四年）

生气时觉得自己是正经的人就有精神了

我不做转换心情这种事。

并不是我开朗到不需要转换心情，我不是这么幸福的人。我经常几乎无止境地处于郁闷状态。再加上身体懒得动，只有精神异常忙碌，只要躺下来就一直担心未来的事，就算身体得到休息，心灵却从未有休息的时刻。我也没什么嗜好，不喝酒，也不唱歌。若说人生有什么乐趣，我倒觉得有趣得不得了，甚至想活一千年一万年。我不认为心情是靠转换的，而是从外面来的。

譬如去书店买一本实用的、感觉会变聪明的书。开始读以后，我气到连自己都吓了一跳。一边读一边鬼叫："拜托有点儿羞耻心好吗?！羞耻心！"实在太生气了，还在生气的地方盖章！可是我没办法不读。读完后火大摔书，又跑去书店买同一个作者的其他作品来看，就这样把这个人的书全部看完了。过程中一直在生气，生气时觉得自己真是个正经的人，整个精神都来了。当然碰到喜欢的书幸福无比，觉得啊，识字真是太好了。

前些时候，忽然看到邮局出纪念邮票就买了。后来又陆陆续续去搜刮。在整理邮票时，想把这个纪念邮票拿来用，只好把整版的纪念邮票撕开，分出可以用的部分。但临时也不知道要写信给谁，就写给了十年不见、现在美国的幼时玩伴，然后用舌头舔了舔最漂亮的邮票。突然收到信一定会很惊讶吧，我这么想着又写了一封信给住在同一个家的儿子，舔了第二漂亮的邮票贴上去。接下来写的是讨厌的事务性明信片，舔了最讨厌的邮票贴上去。把信投入邮筒后，又来申购纪念邮票了。想到能舔邮票就能让我开心地振作起来。不过舔着舔着也觉得到了极限。昨天我写了一封信给自己，今天等着等着，红色摩托车送来了我的信。

就算邮票舔腻了也不用担心，反正到时候又会有无聊的小事走向我，我会和它手牵手，精神奕奕地做下去。(一九八二年)

一脸蠢样像窝囊废盯着电视的日本少年啊

我几乎不看电视。

不是因为太忙，也不是讨厌。

有一次，我从早上八点呆呆地看起电视，一回神已经下午四点了。

这段时间内，我没有转过台。然后第二天第三天也在电视前面待到下午四点。我时而哭泣，时而大笑，时而生气、佩服、震惊。

有料理节目、新闻报道、午间剧场，也有协寻离家出走的人。我还看到老公在摄影棚里，追着离婚的老婆跑，幼子哭着叫"妈妈"。

午间剧场演的是年轻建筑家，低声说着"太太"逼向贤淑的人妻，贤淑人妻则是："哎呀，不行啦。"一边拒绝，一边挑衅。看在我眼里就是挑衅。

我一边碎念："傻女人！别沾沾自喜！"一边好奇年轻建筑家明天是否能追到这个女人，然后空虚地想着我的四周有没有年轻俊美的建筑家。又或者看到新闻主播，以严肃的声音与表情在报道飞机坠落事故，我就会开始忧心这个世界。然后突然出现尖锐高亢的声音，挂布先生拍的金鸟蚊香广告①出现了。我看得哈哈大笑，但还没笑完就出现"那么回到现场吧"，又被拉回刚才面无表情的严肃主播的烦忧里。我是个很容易受影响、没有坚定信念的人，所以在严肃的主播和挂布先生交互恶整下，让我觉得两者的重要性是同一等级。

　　不，挂布先生的嗓音格外高亢且很大声，所以比新闻主播的中规中矩大叔更有魅力。我没花多少时间就轻易相信挂布先生才是重要人物。

　　后来我不看电视了。

　　即使我不看了，我那个笨儿子还是盯着电视不放。看他突然笑得像警铃大作，我实在很担心他的将来。即便全日本的小孩都变得一脸蠢样我也无所谓，只要我儿子是个威风凛凛有知性的人就好，所以看到他这副德行实在很火大。

　　我儿子念初一了，但一点儿也不知性，也没有威风凛凛的模样。暑假期间，学校举办长距离游泳集训。

---

① 指由棒球选手挂布雅之和落语家三游亭圆丈拍摄的广告。

长距离游泳是这所学校的重要教育课程，每个人都要游完三千米，不能有一个不及格，实在是令人感动的课程。父母可以在岸边突出的栈桥上，看自己孩子的游泳英姿，因此栈桥上挤了一堆人。当一群犹如芝麻粒的头出现时，"加油！"的打气声随风飘向远方。这时我彻底忘了知性，只期待我儿子能有超棒的体力，拼命地大喊"加油！"喊到眼泪都流出来了。然后随着芝麻粒慢慢变成大豆，加油打气声也变得越来越响亮。

整个变成"冲啊！挂布先生！金鸟蚊香！"了。"挂布先生！金鸟蚊香！"的力道和声音，比"加油！"高出一两段。

他们很明显受到挂布先生的强烈鼓舞。

"加油"宛如正统派的新闻主播。

挂布先生们勇敢地游完全程。我看到了能肩负日本未来的可靠少年们。在挂布先生的激励下，他们显得光辉灿烂。

今年的长距离游泳集训，他们会受到什么广告激励吗？一脸蠢样，像窝囊废盯着电视的日本少年啊，只要还有电视广告在，你们就能时而愚蠢，时而坚强地活下去吧。（一九八二年）

空白地图宛如巴哈

我曾做过一个梦，梦见我去健行。迷路的时候朋友说："啊！我带了个好东西。"从登山背包中拿出地图，铺在道路上。这是实物大的地图，所以我们咚咚咚踩在地图上，继续健行。

真是个愉快的梦啊。或许是因为我搞不懂地图和道路的关系才会做这种梦。

地图是一张纸，里面有马路、街道、海洋、河川、树林、山峦、学校，最重要的是能引导人前进，但我不懂。尤其是迷路的时候，身上带着地图就能指引走投无路的我，我也不懂。

因为迷路之后，我连自己在哪里都不知道。所以迷路的时候，看地图已经来不及了。地图对我而言，不是实用有效的东西。

可是我却开车在东京跑来跑去，还会骑摩托车出去兜风。

我也参加过摩托车的拉力赛。我骑在车队最前面，队友把地图贴在我的油箱上，出发了。我牢牢地盯着地图，在第一个转角左转。虽然骑得很爽,但没多久就被叫去骑在最后面。因为刚才不是左转,应该右转才对。或许我不是看不懂地图,而是分不清左右吧。

第一次去巴黎的朋友,告诉出租车司机从机场到他要去的地方怎么走。我佩服他的脑袋清晰之前,先震惊于他对巴黎的爱之深。

我在西柏林住了一阵子后,才知道西柏林是在东德里面,连忙在宿舍看地图。柏林在欧洲地图里,像是迷失方向了。而我也迷失方向了,柏林不爱我。

飞机开始下降,从窗户就看得到突出海面的陆地。这是分毫不差的地图,我觉得地图很美。飞上月球的航天员也觉得地球像个地球仪吗?

朋友说,空白地图就像巴哈。

艺术并非义务

在柏林时，虽然只是短暂的期间，我却上过美术学校。看到挂在大厅的学生作品，虽然这么说很狂妄，但我真的很失望很沮丧。柏林造型大学算是和东京艺术大学同等级的学校。容我再度狂妄地说，我觉得没有一幅称得上画。但每一幅都大到吓死人，没有相当的力气无法展现这种能量。唯独其中一幅与众不同，色调很像夏卡尔的作品。

这是一位埃塞俄比亚学生的画。至今我也能想起他那美丽的画。我和他成了朋友，还一起去看过黑泽明的《罗生门》。

上午上版画课，下午上素描课。进入素描教室就看见一个全裸模特儿坐在圆形大台上。我从未在看到模特儿时如此吃惊。那是个五十开外的女人，小腹丑陋地突出，手臂松弛，脖子满是皱纹，褐色头发夹杂着白发。我在日本很喜欢素描课。不管胖女人还是瘦女人，只要年轻女人的肉体都很美。我画女体时总有一种喜悦。于是我大大吸了一口气，下定决心，好！

我就来画吧！我要彻底画出这个衰老骨瘦如柴的肉体。说不定这是难得一见，说不定只有今天这个机会，说不定教授是要我们观察这种人体的变化。隔天换了一个模特儿，但也跟这个很像。

我问了每天在这里埋头画素描的女孩卡蕾。

"没有年轻的模特儿来过吗？"

"年轻模特儿太贵了，没有来过。"卡蕾并没有露出不满的表情。

我画了四五张，但怎么画都画不顺手，实在画不下去，中途就放弃回家了。我放弃后的某一天，站在卡蕾后面看她画素描。

卡蕾只是一直画一直画。一张纸画过一张纸，不断地画。没有变更位置，也没有改变角度。这时我又狂妄起来在心里嘀咕，画几张都一样啦，今天也别画了吧。

"别画了，一起去吃冰激凌吧。"我说。

卡蕾定定地看着我说："我已经决定每天都要画三十张，现在才画十四张。"说完又开始画下一张。

卡蕾不是在画画。这是义务，几乎是在做工。

有一天我在街上的书店看到一本画册，整个看傻了。那是乔治·格罗兹①的画。居然把柏林妓女的各种模样画到这种

---

① 乔治·格罗兹（George Grosz，一八九三——九五九），德国新即物主义（New Objectivity）派代表艺术家。

地步，居然正视到这种地步，我惊讶到宛如当头棒喝，然后我的目光就无法离开它了。那时我很穷，这本画册对我而言太贵了，但我还是买了。

现在我看格罗兹依然觉得当头棒喝。没有人必须当天才。天才是天生的。

远处传来枪声

　　住在柏林时，从我租屋处的阳台看得到柏林歌剧院。租屋处的阳台和柏林歌剧院之间，有因大战而坍塌的石造公寓，从倾倒的石墙间看得到柏林歌剧院的正面。

　　不知道是什么因缘际会，我经常被带去那里坐在特等席。

　　特等席是一位韩国报社记者带我去的。"世上再也找不到这么无聊的城市了。不过这是我的毛病，我总是说我住的城市是世上最无聊的。但柏林的音乐是世界第一。"

　　怕冷的我，大衣里面穿着廉价的兔毛坎肩，兔毛掉了，黏在洋装上，从我的洋装黏到了他的西装。我坐在特等席看瓦格纳的《莱茵的黄金》①。

　　中等席位是在柏林歌剧院当第二小提琴手的德国人给我的。

---

① 《莱茵的黄金》（*Das Rheingold*），为《尼伯龙根的指环》系列的四部歌剧其中之一。

他甚至把票送到我租屋处的公寓四楼房间给我，每次都大汗淋漓。

还有在乐池里，他经常用手帕擦额头的汗水。我坐在中等席看《威廉·退尔》①。我自己去看歌剧时，总是买最便宜的票，这个位子最靠近天花板。

我从这里看向我经常坐的特等席。从上往下看，非常清楚特等席有多么遥远。

坐在特等席的女人穿着也很不同，几乎每个人都穿晚礼服。让我不禁再度感谢我那穿着端庄时尚的朋友，愿意带穿着沾兔毛的毛衣的我去坐在那里。

我坐在靠近天花板的位子，看莫扎特的歌剧。

从靠近天花板的位子，也看得到第二小提琴手的德国人在擦汗。

第一次和房东婆婆吃晚餐时，远处传来枪声。而且不止一声。

我和房东婆婆去阳台。

从倾倒的石墙间看得到柏林歌剧院的正面，正面聚集了黑压压的人群，一片喧嚣。

警车的警笛大作。

① 《威廉·退尔》（*Guillaume Tell*）为意大利作曲家罗西尼（Gioachino Antonio Rossini，一七九二——八六八）改编自德国剧作家席勒的同名剧作。

我和房东婆婆都不知道发生了什么事。暮色开始笼罩城市。

隔天早上，房东老太太拿报纸给我看，伊朗国王夫妇遭到枪击[1]。

那一天，歌剧有上演吧？

租屋处的房东婆婆拿照片给我看。平常总是穿着像雨衣唰啦唰啦作响的尼龙家居服的老太婆，拿了一堆照片给我看。

照片里有个美到令人惊艳的年轻女人。"这是谁啊？""这是我。"美丽女人戴着插有花朵的帽子，穿着裙摆很长的长裙，斜斜地坐着。美丽女人的立领别着宝石胸针，撑阳伞站着。

"这是谁啊？""这也是我。"

福特敞篷车里，年轻女人和体格很棒的年轻男人并肩坐着在笑。

"这是谁啊？""这是我的丈夫。"老太婆指着年轻男人回答。老太婆坐在图案磨损殆尽的沙发上笑得很得意。

有一张照片是年轻女人在床上紧紧偎着体格很棒的年轻男人，白色床单拉到胸前。我知道两人在床单下都没穿衣服，宛如电影的偷情场面。

"这是谁拍的啊？""我弟弟拍的。"

[1] 此处应指一九六七年的抗议事件。伊朗国王访问德国柏林时，引发大学生于歌剧院前示威，造成一名学生本诺·欧内索格（Benno Ohnesorg，一九四〇—一九六七）遭警察射杀身亡。

老太婆对我眨眨眼睛，然后拿起一张照片给我看。留着胡子、化了妆的男人，穿着长长的戏服，翻白眼瞪向上方。这是舞台的演员剧照。

"这也是我丈夫。他是歌剧演员。死的时候三十五岁。"

从阳台看得到柏林歌剧院的灯光。（一九八五年）

这里也是东京

从在北京出生，住到这里来之前，我搬家超过三十次。正确的次数算不清。有转眼间住了四年的，也有难以忍受长达六个月的。然后住在东京已长达二十九个年头，即使在东京也住过很多地方。纵使在东京住了二十九年，我却没有特别喜欢的地方，每个地方都只是普通喜欢。大部分毕业后在东京混饭吃的人，大概都跟我一样吧。

人无法永久待在同一个地方。

现在我住在多摩丘陵的正中央。

这里也是东京。我家前面能看到的只有杂木林和天空。

来我家的人，对我家能看到的景色都"哇！"地感动不已。

春天是满山的樱花；夏天绿意盎然；秋天红叶红得像在发疯；冬天下雪后，整片景色静谧得有如水墨画。无论樱花绽放还是白雪纷飞，我都会觉得："这里居然也是东京，实在太酷了。"

即使住在山里，我也同样过着一般的社会生活，所以也有气得半死的讨厌事情。我气喘吁吁地在地板上爬行，望向窗外，看着风中摇曳的芒草心想，就算全世界都抛弃我，太阳和长在那边的芒草也不会抛弃我吧。

精神好的时候，想说去东京看看久违的霓虹闪烁吧。"真正的东京"不在这里。涩谷、新宿、六本木才是"真正的东京"，这里只不过是"这里也是东京"。去到真正的东京，心情会像乡下小孩去东京修学旅行一样兴奋雀跃。新宿这种副都心根本就像外国，不管去几次都会迷路，也能感受到旅行者过于黏腻的孤独感。看到霓虹灯和大厦的灯光，我会在心里大叫："妈！这是东京哦！"然后累得半死想说"回家"吧，就兴冲冲地回到"这里也是东京"的家。

从我家越过树林可以看到多摩新城的夜景，一览无遗。我经常感动得惊呼连连。那些难以胜数一盏一盏的灯光下，有从乡下来的，或是老家在东京，但搬出老家拥有自己的家庭，每天挤沙丁鱼电车去上班的男人，以及在喂饭给和这个男人生的小孩吃的女人。碰到连续假期，把一家人装进车子去扫墓，行驶在塞车的高速公路上想回乡下的无数人们，不知为何我很想说："加油啊！"因为这里也是东京。（一九八六年）

只要够铺棉被的空间就好

　　西晒的三张榻榻米大的房间，即便热到汗水淋漓，蛞蝓也会从共享厨房远征到我的棉被上。住在丝毫阳光都没有的四张半榻榻米大的房间时，我也不认为我住在很惨的地方。因为我从未梦想过要住得多么舒适豪华。结婚后住在集体住宅，虽然房子有点儿小，但采光良好，又有浴室，门口也不用上什么链条，简直幸福到像在做梦，看到马桶冲水的景象陶醉得要命，早上洗晨澡时觉得好像在做坏事。我原本没想过自己要住什么样的房子，但从这时起，我开始思考想要什么房子了，这是为什么呢？

　　所谓的房子有墙壁、柱子、走廊、屋顶、窗户等等，我想住在没有这些东西的地方。可是这样下雨怎么办？我想把巨大透明的巨蛋罩在森林上面，素材不知道是玻璃的还是塑料的，只要透明就好。马桶必须是西式的冲水马桶，但我想把它放在辽阔的地方，尽可能在会开白色花朵的树下。我不知道要怎么用水管引水过来，不过出水量必须又猛又大，难看的管子在白花树下露出也无可奈何。卫生纸用绳子吊挂在树枝上，手就不用洗了。晚上睡觉最好能看到星星，我不打算放床架，只要铺很多干净的小石子，把床垫放上去就好。至于要怎么打扫，我不去想这种问题。冬天的棉被到了夏天要收在哪里，我也不去想这种问题，可是我很怕冷，所以想说放个煤油暖炉吧。之所以想到煤油暖炉，是因为我只知道这种暖炉。满脑子想的净是尿尿不怕被人看到一定很爽吧。但连细节都还没想，我就对这个房子腻了。

接下来我想住的是，像个空旷大仓库的房子。到处都是灰色的水泥裸墙，把床放在喜欢的地方，把书桌放在喜欢的位置。这次我相当具体地设想了细节，花了很长的时间揣摩修改，相当执着投入。

我连躺在那里的姿势都练习了，连躺的时候搂的抱枕都决定了，甚至连适合住在仓库式房子的发型都想好了。当我一头热的时候，我把这件事跟朋友说，他竟以一种断然不准我做梦的语气说："这可是我想象中的房子哦。我写信跟我未婚妻说了，我们要住这种房子。"说得好像我偷了他的房子似的，所以我也对我平凡的发想感到羞耻。

接下来我想睡在屋顶的阁楼里，不管什么房子都好，只要有阁楼就行。但我想要地下室的时候，又把其他空间给忘了。

或是三角形院子的一角竖立着一棵树，房子也是三角形的。或是有很多房间的房子，我可以住脏一间就换一间，全部脏了再一次大扫除，房子的造型像个甜甜圈。

我想住安东尼·高迪[①]设计的歪七扭八的公寓，或是住在桂离宫[②]般的房子，一边打哆嗦过日子也不错。

后来我的周遭，真的有人要开始盖自己的房子。她把热情化为实际的行动，涌现惊人的能量，为了拥有舒适精致的房子而动了起来。为了找土地在东京四处奔走，不管什么时候打电话去，她谈的都是土地行情，说起话来变得像女房产中介。这个朋友说要盖共同住宅，但我实在太无知了，被她屏除在外。最重要的是，我的体力连狗屋都盖不起来。所谓体力是一种气势，想到要和不动产公司周旋，要和建筑师争辩，为了水龙头要和水电工大小声争论，我干脆上床睡觉算了，更何况我根本不晓得去哪里筹这笔钱。听到有人可以不花一毛钱就盖了房子，我仿佛目睹了能解开艰难算式的人，觉得人的脑袋实在厉害到不像话。

我自觉自己气势不足时，不禁觉得人住在哪里都一样了，只要够铺棉被的空间就好。住在西晒三张榻榻米大的房间汗

① 安东尼·高迪（Antoni Gaudíi Cornet，一八五二——九二六），西班牙建筑师，代表作有米拉公寓、奎尔公园、圣家堂等。

② 日本京都市西京区的离宫，建于江户早期。

流浃背的我，和住在早上就能洗澡的房子的我，依然都是不变的我。人不会因为拥有自己的浴室就丰富起来。

又或者是，我靠着幻想住过太多房子，因此累坏了。也可能是，我打从一开始就缺少实现的气势，所以只能幻想。到底是怎样，我也不知道。（一九七八年）

厕所是在地上埋一个大型圆瓮

　　我对我出生的家没有印象。我只记得北京那个有绿色八角形的门的家，那房子大概是极其典型的中国建筑，不过现在想想还真是奇怪的房子，因为房子很奇怪，说明起来要花很多篇幅，我就挑奇怪的厕所说吧。

　　厕所是在地上埋一个大型圆瓮。一半是在家里的厕所，这种马桶附有青色陶制的前挡板。一半是把半圆形的圆瓮埋在院子，圆瓮的高度和地面一样高。我们在院子玩耍想尿尿或大便时，撩起屁股蹲下去，背对着圆瓮边缘就能尿尿或大便。

　　小孩子经常玩到忍无可忍才跑去圆瓮边，等脱了裤子露出屁股才发现没有卫生纸，只好一边大便一边大叫："卫生纸！卫生纸！"

　　万一没人就摘旁边牵牛花的叶子擦屁股。牵牛花的叶子长着细毛，擦起来会觉得屁股刺刺的。

　　到了冬天，我会穿中国人穿的内层塞了棉花的长裤。这种黑底缀着红玫瑰的裤子很妙，蹲下去屁股会自然露出。虽然蹲下去屁股会立刻露出来，但很奇妙的，不蹲屁股就出不来。

有一次我在家里蹲马桶时，不慎掉了一只拖鞋到便槽里。拖鞋是半干燥的，黏在粪便上，我根本拿不到。

那时母亲不在家，我趴在地板上扭着身子放声大哭。这是我第一次觉得做了无可挽回的事。

我一边哭着又回去厕所看拖鞋，然后又回来趴在地上哭。

母亲回来后，我以为她会把我臭骂一顿，想不到她竟然笑了。我从来不知道我妈如此温柔。

我现在都还记得那只掉在大便上、鞋面内衬是格纹花布的黑色拖鞋。

父亲曾经带我去有钱的中国人家里。我什么都没记住，却只记得他们家的厕所大得惊人。

那间大厕所中央的马桶前挡板，套了一条纯白的木棉制套子，和套在客厅椅子上的纯白木棉套一样，周围还包着细致的镶边。

那时我心想，我长大后也要用同样的马桶套。

不知为何，日后我想起那只掉在大便上的黑色拖鞋，也会想起那细致镶边的马桶套，两个变成一组了。

早上儿子起床眼圈沾了银粉，活像郊区的酒吧牛郎

　　住在六张榻榻米大的房间时，我买了一堆建筑杂志回来，研究我哪天成了大富翁要住什么美丽的房子。如果我的房子在陡峭的断崖上，有着面对大海的大片落地窗，那么地板就要铺小石子镶的马赛克地板，当我从海边回来会印上黑色湿濡的脚印。不过大门的门把要用北欧式还是意大利式，还是搞不定。

　　然后住在集体住宅辛勤劳碌过了数千个平凡日子的某一天，得到一笔不劳而获的意外之财。我向来认为不劳而获的钱是不干净的，所以一直都畏畏缩缩地认命工作，因此这笔不劳之财让我觉得不舒服，但我也没大方到把它捐给养老院，我实在太贪财了。接着我在报纸上看到一则广告，我的住处附近有一栋中古屋要卖，我还没去看房子就下定决心要买。我的另一半是个对拥有房子毫不关心的人，所以我一个人做

了决定。这栋房子是阴森森的灰色水泥建筑，北边和南边都有房子，东边和西边是田地，保证不用几年四周就会被围起来。房产中介可能觉得我很轻率，竟然只看一栋就决定了。

我并不是看上这栋房子，而是因为太丑了才下定决心。玄关的门是用光溜溜的塑料合板做的，印了八个向日葵图案。门灯是西洋的提灯状，绘有藤蔓花纹。墙壁一摸就有粉屑掉落下来，粉屑中混杂着金粉和银粉。儿子的床靠着墙壁，夜里银粉无声无息飘下来，早上儿子起床眼圈沾了银粉，活像郊区的酒吧牛郎。纸拉门绘有松树和富士山，还有金色的云彩飘浮在空中。我感到非常满足。战后日本所成就的东西，完全装在这栋房子里。像我这种贫穷的日本人，就该买这种中古的二手屋。我那畏畏缩缩工作的几千个日子，若形成了对表面看得到的东西不在乎的想法，也只是刚好而已。那些为了寻觅好土地而东奔西走能量十足的人，令我瞠目结舌。为了水龙头的喜好跟建筑师争论不休的人，更让我佩服到五体投地。

但是，这笔让我不舒服的不劳所得，还是买不起这栋丑陋的房子，所以接下来我得背十几年的房贷，为了付房贷我又得畏畏缩缩地继续工作。不过我对这笔债务很满意，日本人应有的姿态也出现在我身上了。若受邀去建筑杂志封面般的华丽房子，我也会紧紧抓住战后的混乱时期，我家父母和兄弟姐妹交错睡在同一条棉被里的历史，回到银粉飘落的家。

然后走到金色云彩飘浮的纸拉门边，梦想着我变成大富翁那天会住的房子。如果我现在住在以前六张榻榻米大的房间所梦想的美丽房子里，那我满足之后会再做什么梦呢？

沾着银粉的儿子，或许也在梦想他要住的美丽房子吧。（一九八一年）

CHAPTER ③

越来越搞不懂

父亲的故乡是紧临富士川边的一个小聚落。那里有连接川边的贫瘠土地，削山做成的梯田。上小学，要走去十里外的村子。到了夏天，从上游的小学回到下游的家，是游富士川回来。

要是裸泳，就把衣服包起来交给低年级同学。低年级同学必须拿着衣服，专心跑在川边的山路上，去跟裸泳的高年级同学会合。

到了冬天，高年级同学叫低年级同学脱掉外套，用竹竿穿过两条袖子，用来挡风，自己则走在外套后面。

这是父亲在晚餐时，喝了酒心情好经常跟我们说的孩提故事。父亲心情大好地做了结论说："我小时候真的很过分啊。"

孩提时代的我，从懂事开始，父亲就已经是大人了，所以对于父亲也有小时候感到很吃惊。每当父亲谈起小时候的事，我就有一种亲近感，可是看到眼前成人的父亲，又失去了抓住这种亲近感的线索。

脸上长着皱纹，喉结还会动来动去的男人，十岁的时候是长得什么样？放学后竟然从学校裸泳回来实在太有趣了。

而且还有低年级拿着裸泳学长的衣服，一味地专心跑在川边的山路上，这就更迷人了。

拿着外套旗子走在山路上的小孩行列，也非常令人羡慕。

"以前真的有这种事啊？"我问过好几次。"现在应该也没什么变化吧。不过，被迫脱外套的人一定冷得半死吧。要是举着外套的手放了下来，后面的人就会踢他，真的很过分啊。"这个故事的魅力在于，小孩团体中的诡异与残忍。

"因为我是个聪明机灵的孩子。"为了证明这个，母亲把同样的事说了好几次。

母亲是东京下町的孩子，玩扮家家酒的时候，年纪大的女生命令她去旁边的寺庙庭园拿菊花来。庭园内有和尚种的菊花，每一盆都只种一朵，排了一整列，而且每一朵都大得像小孩的脸。母亲走向其中最大朵的菊花。"居然垂成这样啊。"母亲摘下这朵菊花时，背后忽然传来一声怒斥："干什么！"同时后领也被揪住了。

母亲情急之下大叫："我要尿尿！"和尚霎时松手，母亲趁机抓住这朵和自己的脸一样大的菊花逃了回来。

每次听到这件事，我都觉得母亲有可能做这种事。虽然我既激动又高兴，但无法想象四五岁的母亲长得什么样子。

　　我自己没这种胆子，大概没机会测试这种聪明机灵吧，只是看着眼前的母亲，我会怀疑母亲真的也有小时候吗？

　　我对趁机偷了难以想象的大菊花的小孩有共鸣，但对眼前的成人母亲，我只觉得是"大人"这种异次元的人，吸引我的是小孩的狡猾聪明与拼命。

　　父亲有十一个手足，排行老七，高等小学校①毕业后就离家了。父亲离家时，祖父和祖母都不在意。贫穷农家首先要解决的是吃饭问题，这样家里就少一口人吃饭了。祖母说原本生下来就要杀死他，因为有一半的孩子生下来就死了，后来想说放着不管反正也会死，但父亲熬过贫困凄惨的孩提时代活下来了。

　　而母亲的母亲，也就是外祖母，抛下四个小孩，跟男人走了。那时身为长女的母亲才十四岁。

　　母亲也度过凄惨的孩提时代。

　　当我还是个小孩时，并不了解"小孩"是什么意思。我只是拼命地过每一天。

　　小学一年级的夏天，我在大连迎接战争结束。现在想想，

---

① 相当于现在的初中。

我也觉得我度过了凄惨的孩提时代。

战争结束后的一年半里，我一天都没上过学校。父母为了弄到每一天的食物就已精疲力尽。

我们吃的是高粱、麦麸和豆粕。小时候，我们吃这些东西并不觉得痛苦或心酸，也不会想吃更好吃的东西，反正就是这么回事。因为没经验，就没有想象力，也不会对未来的命运忧心忡忡。

随着日本人的撤退，看到他们原本住的房子灯光一盏盏熄灭了，我害怕了起来。但终于轮到我们要回日本时，我以为可以吃一堆地瓜的日子就要到了。

失去双亲的孩子们，成了街头流浪儿。我还曾看过流浪儿在深夜把脸贴近我家面向道路的玻璃窗，偷看我家。那时我感受到心脏抽缩的恐怖，是那一年半的混乱中最鲜烈的。我在棉被里，想起那个把脸贴在玻璃窗上十一二岁的小孩，身体就僵住了动弹不得。

那孩子在哪里睡觉呢？在这么寒冷又漆黑的路上，他不怕吗？孤零零一个人，从皱巴巴的纸里亮出两个不晓得打哪儿来的玉米面包，对着我笑。那个东西能吃吗？我的心揪成一团，不是因为那个男孩在哭，而是他对我笑。

不过，人是自私到不要脸的动物。我不认为我会陷入和他同样的命运。但如果我哥哥变得跟他一样怎么办？如果弟弟变成这样怎么办？想着想着，我在棉被里哭了起来。脑海里立刻浮现哥哥变得和他相同的模样，但就是不会浮现自己的。

但是，那个隔了一扇玻璃窗的事，真的只是隔了一扇玻璃窗的"运气"，如今也令我战栗不已。

为什么那孩子站在下雪的昏暗街头？为什么我待在有暖炉的房子里？在这里活到五岁的弟弟，回到日本立刻就死了。第二年哥哥死了。为什么死的不是我，而是弟弟、哥哥死了？

我对于自己能活下去不抱任何怀疑。哥哥或许也认为自己能活下去却死了。

我不知道玻璃窗外的男孩在想什么。那个拿着纸包的面包在笑的男孩，说不定他也认为自己能活下去。我也不知道。

我有自己的小孩。

我拼命养育小孩。即使拼命地养，我也不了解小孩的事。我对小孩感到很无力。

有了小孩后，因为我不懂小孩，所以读了很多关于小孩的书，也读了很多教育理论和心理学的书。然后越来越不懂。

真是越来越搞不懂。

即使不懂，我也想抓住个什么。

我想抓住未分化混沌状态的小孩能量。

我越是对小孩感到无力，越想抓住小孩。

我想相信父亲熬过贫困的能量，母亲熬过被抛弃的孩提时代的能量，以及我不去想明天有没有东西吃，只是一天一天拼命地过，我那当小孩时的能量。

我早上七点要起床，然后叫小学一年级的妹妹起床，做饭给妹妹吃。爸爸和妈妈都凌晨四点半才睡，所以早上爬不起来。然后我自己也吃饭，上学去。忙死了。（略）

早餐，（略）我看了一下冰箱，拿现有的东西来做菜。想吃和风的话就煎个玉子烧、做个味噌汤，看到剥皮鱼就拿来煎，看到蔬菜就切一切做成沙拉，（略）有时候也会做饭后甜点，例如在酸奶里放入各种酱料，切梨子……

尽管如此，小鬼们也经常发牢骚。例如大妹说不合她的胃口，要我立刻换别的。我气得骂她"笨蛋！"。叫我去哪里换甜点嘛，气死我了！（略）

我从五岁就开始做了，算得上老经验了，呵呵呵。（略）那些孩子越发牢骚，我就越下功夫，慢慢就做得好吃起来了。（略）

牛奶或蔬菜之类的，我都骑着八年前的脚踏车去市场买。

不管走到哪里都会听到"欢迎光临"的招呼声。我嘀咕着："这也太贵了还是算了。"（略）"去别家一看，便宜很多

呢！"——我知道有些店家一定会算我便宜。（略）哇哈哈哈，购物真快乐啊！（略）

嗯，我也想自立呀，呵呵呵。搬出去租个房子，和朋友吃吃喝喝玩到晚上九点……（略）

今天早上，那孩子去练小提琴，我说我会去接她。可是我现在在做这个像问卷调查的东西吧？但那孩子不知道，到时候搞不好会啰里八索念个不停。不知道那时候是什么情况，反而很困扰啊。（略）

我四岁的时候，那孩子才一岁而已。她会脱掉裤子，直接在附近的水沟尿尿。阻止她这么做，把她拉开，是我最初的工作。

现在啊，我工作的时候会想到我女朋友。呵呵呵。想说她很努力，所以我也要努力才行。（略）

我有个从幼儿园就认识的朋友，他的下巴凸得像猪木[①]一样。（略）要不是他跟我说，我可能不太会好好工作吧。

我爸是个浑浑噩噩的人，所以我妈经常对他发飙。你知道吗？水管喔！……她用水管喷我爸。（略）后来离婚了。（略）我跟我朋友说："我妈用水管喷我爸，把他赶出去哦！"

① 猪木宽至（一九四三—　），日本职业摔角选手，曾任日本参议员，特征为下巴很长。

结果大家都说："咦！你妈好威哦！"（略）

现在我跟我妈两个人住，好轻松，真的棒透了。

我妈对我好好哦。（略）

男女之间，结婚前是情侣，但是结婚以后，有些人就不再是情侣了吧。不再是情侣居然还在婚姻中，我觉得这样很奇怪……（略）

不过，婚礼啦，结婚登记表之类的，真的是需要的吗？（略）一个女人和一个男人在一起生活，不需要那么大费周章，花那么大一笔钱，到处去通知别人吧。

因为不用举行婚礼，还是可以生小孩呀。（略）

我和庆子也会聊生理或性爱方面的事哦。不过，我想聊这方面的事时，也有不少女生会说"讨厌！"或"恶心死了！"。（略）

我还是很庆幸我身为女人。（略）我很讨厌那种"要像个女人"或"要像个男人"的说法。（略），说什么女生不能做这个不能做那个，没这种规定吧。（略）

我们班的男生常这么说："女生居然这样！"不过这句话只要说出口，事情就严重了。（略）"怎样！所以女生应该怎样！你这混蛋！"然后就和男生吵起来了。我也是会抗议的哦。

晶文社将一百七十四人的访问结集成书，这里摘录其中两人。

　　书中提到霸凌，也有教师的暴力；有离婚的家庭，也有私立明星学校的小孩；有拒绝上学的儿童，也有在日韩国人的小孩；有去念泰国大象学校①的小孩，也有去念夏山学校②的小孩；有热衷做香水的小孩，也有被女生欺负的男孩。

　　有和父亲一起当渔夫的小孩，也有十五岁就当母亲的小孩；有双胞胎小孩，也有眼睛看不见的小孩、耳朵听不见的小孩；有五兄弟为了早上上厕所而大战的孩子，也有被讨厌的女生纠缠到差点儿神经衰弱的孩子，也有去参加野外求生营猛吃蛇肉的孩子；有把原宿当作游乐场的孩子，也有去山村留学在大自然里奔跑的孩子，也有残障兄弟的孩子；有威猛的女孩，也有强奸女孩的男生；有想进入消防队的孩子，也有想当和尚的孩子。

　　跟你说！我妈好过分哦！她居然问我："你这个月月经还没来，是不是怀孕了？"（略）

　　每个月都烦死了。不是因为月经，而是我妈什么都要问，

---

① 动物训练学校，泰国建立了很多大象学校以照顾象群，并兼具观光功能。
② 夏山学校（Summerhill school），起源于英国，强调开放、个别化教育，采用生动活泼的教学方式，鼓励自主学习，类似台湾的森林小学。

什么都要啰唆，搞得我快神经衰弱了。什么卫生棉变少了啦，要丢在厕所的垃圾桶啦，拜托闭嘴好不好！她再啰唆的话，我真的会揍她！（略）

真的讨厌死了。早来也要说："真是怪了，会不会来得太早啊？"晚来也要念："怪了，会不会是什么堵住了？"一个月没来就问："喂，你没事吧？"（略）

或许她是个好人，不过我现在讨厌她讨厌得要死，全部讨厌！

这是个十五岁的女孩。看来她母亲也有点儿神经质。

我跟你说，上个礼拜天，我练习回来进去浴室，在那里打手枪，门突然打开了。因为我是面对着门做……嗯，被发现了。（略）

你什么时候开始做那种事？

是谁教你的？班上同学？社团的人？怎么会开始做那种事？

你不觉得很脏吗？你经常做那种事吗？

你就老是在做那种事才会考不上，懂不懂啊，你？（略）

我就去找老爸讨救兵，但这又是令人沮丧的事。

老爸也会打吧？什么时候开始的？到底是怎样？

我以一种非常亲密的感觉跟他说。（略）但老爸却装作不知道，若无其事地看着他的报纸说："我忘了啦。"

这对父母也实在真实到令人发笑。

"我可是以开朗的心情打手枪哦！"

希望你健健康康地好好加油。照这样继续活下去。

我的父亲是七十年前山梨县乡下的小孩。母亲是牛込下町的小孩。我是四十年前战争结束后，出生在中国的小孩。再怎么艰难都活过了孩提时代，变成了大人。

而我那个还是小孩的儿子，和许许多多日本的小孩。

我也希望他们能好好活下去，以他们混沌的能量活下去。

"小孩！"里面的小孩，无论处于什么状况都活生生地在述说自己。至少现在，在"小孩！"里面述说自己的孩子们活着。

只要孩子还活着，就拥有可以说狂暴燃烧的小孩生命能量。他们时而天真无邪开朗活泼，时而散发出无意识的残酷，以及不输成人的奸诈狡猾，拥有成人丧失的正义感与率直，同时也拥有容易瓦解的纯真与善良。无论如何，我希望他们能以这种能量活下去。

我对一个无法这样表达自己而深感遗憾的朋友说。

因为这个朋友也投入地读了这本厚厚的砖头书。"真是输给他们啊。有趣到令人火冒三丈啊。不过没关系，反正这些家伙长大后都会变成无趣的普通成人。"

父母和老师都发狂似的，要把他们变成无趣又普通的成人。

孩子们，请你们厚脸皮地活下去吧。希望你们尽情活出自己的孩提时光。（一九八六年）

「我可不这么想」

我在艳阳高照的校园里拔草。

那时我们才十岁，大家都蹲在地上拔草。拔起大草时，屁股会着地摔倒，小草则是连根拔得一干二净。

在我旁边的雅子，用她纤细的手指边拔边说：

"我妈妈说，草要趁小的时候拔掉，不然就拔不掉了。这和不良少年一样，刚开始不矫正的话，真的会变成不良少年。所谓近朱者赤，近墨者黑，所以跟坏孩子一起玩会变成坏孩子。"

当年十岁的我，对这种看法很不以为然。雅子拔小草时，一定连根拔起，拔得一干二净。这又何必呢？适度拔一拔就好了吧。就算不良少年，起初也看不出来吧。小草和人类是一样的。

不管是别人的母亲还是自己的母亲，都是对"我可不这么想"不以为然的人。

我母亲一定是讨厌小孩。倔强的母亲好几次露出懊恼的表情。

"你就不能坦率点儿吗？"母亲也曾这样一把眼泪一把鼻涕地跟我说。

"我可不这么想"的个性或许是天生的。不管母亲哭着哀求，还是晓以大义，对我的"我可不这么想"完全没用。我妹妹曾说："说到我小时候最讨厌什么，我最讨厌的就是妈妈不准我和堤防上捡破烂的小孩玩。我超讨厌说这种话的妈妈。"妹妹没有"墨"。

我的儿子也是个"我可不这么想"的人，有时真的会把我吓死。他还念小学一年级的时候，有一次我读《安徒生童话》的《丑小鸭》给他听。读完后，儿子说："为什么要变成天鹅？这样很对不起丑小鸭吧。"尽管我小时候不坦率，但对于丑小鸭长成美丽的天鹅也由衷感到满意，看来我也很坦率嘛。

"那不然要怎么办？""让丑小鸭当丑小鸭堂堂正正活下去就好了呀。"

这个六岁的"我可不这么想"让我佩服之至，但十一岁、十五岁的"我可不这么想"就一点儿都不好玩了。

"我可不这么想"和"我这么想"有点儿不同。虽然是小小的不同，却也是大大的不同。

当我觉得我儿子是个"我可不这么想"的人，有时是我这个当妈的太没用了，但这也没办法。除了随他高兴没有别的办法，只能任由他去了。

不论读书还是看电视，我一直过着"我可不这么想"的生活。前些时候，我看了研究《格林童话》的人写的书，里面有一段这么写着："小孩会和主人翁成为一体，活出主人翁的命运。因此，例如白雪公主看着继母穿上铁鞋跳舞直到力竭而死的残酷场面，父母还是小心点儿，跳过这一段比较好，只要让小孩得到主人翁幸福美满的满足感就好。"

一如往常，我会认为"我可不这么想"，但如今四十七岁的我，似乎也觉得言之有理了。打从第一次看灰姑娘的故事以来，我就有好几个不以为然的地方。

灰姑娘遭到虐待的期间，我当然觉得灰姑娘很可怜，憎恨她的母亲和姐姐们。能够憎恨是何等的救赎啊。此外，姐姐们为了能穿上玻璃鞋，又是切断拇指，又是削掉脚跟，这种血淋淋的残酷会让小孩心里产生一种异样的激动，这也是事实。小孩的心懂得品尝残酷，也会大幅地变动"善"与"恶"的两极。

尽管如此，我也不会把妹妹的拇指割下来。

倘若玻璃鞋里没有流血，灰姑娘不会在我心里留下扎心般的深刻记忆吧。还有，同时也不会留下"太过分"的感想吧。

我觉得救了我的是，"我可不这么想"的别扭个性。

用纤细手指斩草除根的雅子，她的坦率老实让我心疼。她可能老实地认为"使坏的话，会像灰姑娘的姐姐那样被切断拇趾"吧。又或者是，温柔的母亲在种种顾虑下不让她看、不让她碰残酷的东西，因此温柔的女儿也变得很会假装没看到吧。小孩的心灵，不懂得在虚构的故事里品尝残酷的快乐吗？我也不知道。

对于那些翻白眼说"我可不这么想"的超难养的儿子或女儿，我认为除了尊重他们的"我可不这么想"，别无他法。

理想的孩子
一个也没有

小学三年级的老师，是个十八岁的代课老师。十八岁的年轻老师一年到头都在迟到。老师从河对岸的村子悠悠哉哉哼着歌信步过桥走来，我们去桥头接他，把手挂在她的双臂，一起走回学校。

那时整个日本都很穷，每个小孩都长了头虱。其中一个虱子长得特别严重的女生走到旁边，老师就尖叫"啊！脏死了！"立刻逃跑。我们当然也会公然大叫"啊！脏死了！"到处逃窜，但我无法忘记那个垂着头、一直看着我们的女生的眼睛。原本以为十八岁的老师会心血来潮帮那个脏女孩抓头虱，但她却镇不住教室里吵闹的学生，趴在教坛上哭了起来。教室里有女王。女王滥用绝对的权力，但我们不觉得奇怪，也不会不服。

有一天，十八岁的老师叫我去，跟我说："虽然你是撤退回来的，但也没必要客气。你大可反对百合子哦。"虽然我完全没有因为我是撤退者就觉得矮人一截，但听到老师这么说也觉得"哦，可以反对啊"，第二天就举手说我有意见，把女王驳倒了。那时看到女王瞠目结舌、呆然若失的吃惊样，我偷瞄了老师一眼。老师一脸很爽的样子。

从那时起，我整个变了一个人。我以前是个顺从、笑眯眯的乖巧女孩。我不觉得顺从别人有什么痛苦或不满，也不觉得是可悲的事。

驳倒女王不需要勇气，也没有任何踌躇，我只是单纯听了十八岁老师的话，觉得"哦，可以反对啊"就做了。虽然只是个不费吹灰之力的事件，但是从这天起，我变成了坚持自我主张的人。

我不知道这是好事，还是坏事。但我可以不用想太多，也可以不用和内心的痛苦交战，非常轻易就能拥有自己的看法。十八岁老师教的不是教育，而是肤浅的偏见与随心所欲。我忘不了我九岁那天，瞬间变了一个人的事。

还有，我也绝对不会忘记大喊"啊！脏死了！"逃离头虱女孩的十八岁老师，也不会忘记一直盯着我们，和我们同样是九岁女孩的眼睛。

小学六年级的时候，一个男老师经常殴打男生，还曾经在走廊上打成一团，老师和男生都在地上滚来滚去。

成人后，开了同学会。三十岁的男人和花甲之年的老师，面对面喝酒。

"我以前经常被老师揍。有一次在走廊上，老师把我的头抵在墙上，刚好走廊的墙壁有钉子，老师还拼命把我的头往钉子上推，那真的很痛耶！"

老师和头上开洞的男人笑了，我们也笑了。原来海扁别人也不是大不了的事啊，总有一天会变成笑话啊。过了一会儿，另一个男人来到我前面说：

"我可是一辈子都饶不了那个畜生哦！我真想痛痛快快揍他一顿。"

我不认为老师把他当作眼中钉，给他"特别待遇"。大家受到的对待其实都差不多。这个人现在是成功的建设公司老板。

"因为我被那种畜生揍过，所以我绝不动手打我公司里的年轻人。我一定好好听他们说。不管任何人都有他的想法。暴力绝对不会有好事。"

受到同样行为对待的人，各自拥有不同的意义。有人把它付诸流水，有人紧抓着不放。有人靠紧抓不放而创造了自己，也有人靠付诸流水而活下去。我们不是被老师教大的，我们是靠自己活过来的，以各自的力量，带着各自的灵魂。

被老师嫌"啊！脏死了！"的女孩，一定也活在某个地方吧。可能抱着一生难忘的伤口，也有可能三两下就付诸流水，正养着自己的小孩。我也不知道。但或许两者都不是。至于那个瞬间失去女王宝座、呆然若失的女孩，应该也还活着吧。说不定早就忘记有过那回事。而我也还活着。

"那家的孩子是坏孩子。我不要他靠近我的孩子。"母亲这么说，我在心里发飙："那又怎样！"什么都没变。这和大叫"啊！脏死了！"就跑掉的十八岁老师有何不同？

"眼神好凶哦，果然是单亲家庭的。真讨厌。"

（那又怎样！每个人的成长过程本来不一样啊。这回是单亲取代了头虱呀？流氓少年取代了头虱呀？怪了，那又怎样！每个人都不一样，各自带着不同的灵魂。一个一个地活下去。说不定有小孩盯着你说"真讨厌"时的眼神，一辈子都忘不了哦。搞不好也有人觉得你在放屁哦。）

就如世上没有一个理想的小孩，世上也没有理想的教师。谁都不能称心如意。半斤八两啦。

能遇到成为生涯明灯的老师是幸运，但没能遇到也不能说不幸；能做出让人觉得不想变成那种畜生的事，也因为是个人。

每个人都拥有能让自己活下去的力量，带着各自不同的灵魂活下去。

难以选择

下电车时，我怕跟父亲走散，紧紧抓住父亲的西装下摆。

"你在做什么？"

突然从别的地方传来父亲的声音。这时我才知道抓错别人的西装了。我急忙抓住父亲的手，哭了起来。

"你还真笨啊。"

父亲一句"你还真笨啊"让我完全放心了。我确定他不是外面的人，而是我的父亲。我专心抓着父亲的手，来到百货公司。

在百货公司里，父亲拿了一个我一直很想要的木纹手提包给我看，我摇摇头。然后我们离开百货公司，去了几间店。但我持续摇头。

我想要的手提包不是这个。

后来到了一间有点儿昏暗的店，入口处挂着我要的手提包，而且不止一个，有两个。一个是红色天鹅绒配上黑色圆点。

另一个黑色天鹅绒配上红色圆点。我很兴奋。两个都让我很兴奋。

父亲拿起两个手提包，问我："要哪一个？"我难以选择。

当时五岁的我，根本不懂看起来"知性"或看起来"可爱"这两种选择。黑色手提包是"典雅"，红色手提包是"可爱"。虽然我不懂"知性"和"典雅"这种词语，但心里的感觉会教我。

我拿起红色的，想说选"可爱的我"吧，又舍不得放掉"知性典雅的我"；拿起黑色的又担心"可爱的我"会不会不见了，觉得很不安。

"快点儿选啦。"父亲有点儿不耐烦了。

我被要求勇气与决断力，于是我选了可爱的我。

停止呼吸，闭上眼睛，我选择了可爱的我。然后瞪了一下店里剩的"典雅知性的我"。

我觉得我的红色天鹅绒手提包，比外头朋友的任何包包更有气质更漂亮。

但我每次看到它，而且是一天看好几次，我的脑海中都会立刻浮现那个我没选的"知性典雅"手提包。即使我对红色手提包心满意足，心里依然挂记着那个没有变成我的的黑色手提包。

我觉得这是因为，我五岁的头脑和身体认为，用"可爱"

来巴结自己是比"知性典雅"更低层级的，也为自己的缺乏勇气感到遗憾。

即使到了今天，我依旧对那个黑色天鹅绒的小包包念念不忘。（一九八五年）

原本以为雪是纯白的

我一出生就在北京，明明度过好几个严寒的北京冬天，却记得第一次看到的雪。也许是北京不太下雪。

也有可能是从小小的玻璃窗看到外头在下雪，觉得"这是我第一次看到雪"，认为第一次看到的雪绝对忘不了。

又或许是，我向母亲确认："这是我第一次看到雪吧。"

我觉得我一直一直在等雪，然后第一次看到雪无声无息从天空飘下来觉得很神奇，从来没有那样信服且满足。

雪还没有完全覆盖地面，所以我认为地面应该很快就会变成一片雪白。我走到院子里。

那时我是雪中的女孩，应该有人觉得我很可爱。

在高高的围墙围起来的四方形院子里，只有我一个人，看不到其他人。

我捧起红色花朵图案的围裙，想接住天空飘下来的雪。

我的目的不是要用围裙接雪，重点是要把围裙"捧起来"

接雪，因为我想摆出女孩的模样。自恋是和雪一起降下来的吧。

明知没人在看我，我依然歪着头，装模作样地走走跳跳，假装有人在远处看着四方形院子里的我。

甚至还想说要是有只小狗在我后面缠着我嬉戏该有多好。要是我长得更漂亮该有多好。

我驻足仰望天空。

我一直认为雪是纯白的，但飘在天空的雪却是黑的。

不可能，不可能这样。但天空的雪，看起来还是灰色的。

飘落在我旁边地上的雪明明是白的，灰色的雪到底是在哪里变成白的，我实在搞不懂啊。

无法笑得一如往昔

孩提时代就认识我的人跟我说："你小时候常常会'咿'地笑起来。"让我觉得我小时候是个阴森的小孩。

可是让我"咿"地笑起来的是谁呢？是我对常来家里玩的阿姨展现的亲爱表现吗？

还是我看到阿姨带来的粉红色奶油西式蛋糕，用舌头舔了舔嘴唇，实在太难为情了故意"咿"地笑了笑。

可是我一定"咿"地笑了没错。

因为我记得笑完之后嘴巴很酸。

我觉得那是一种对大人的巴结。但这是谁教我的呢？没人教我。明明没人教我，为什么我会笑出这种让嘴巴旁边肌肉很酸的笑呢？

我甚至想起小时候嘴巴经常很酸。

不过后来，我记得有一次根本是笑到抽筋。

刚开始是和哥哥在胡闹，后来笑到停不下来。明明不知道有什么好笑，可是看到哥哥笑，我就笑得更凶，不断地连番爆笑。看到自己笑成这样都觉得好笑，哥哥看到我笑成这样也同样连番爆笑。笑得喘不过气，肚子的肌肉都僵硬到痛起来了。我们笑到在榻榻米上打滚，有时两人滚开了，有时又缠在一起，笑到眼泪都流出来了。眼泪流出来我就火大了，气得把哥哥乱踢一通。结果哥哥又笑了，我们两个都累瘫了。累瘫了以后，笑潮就退潮般从肚脐那里退掉了。笑潮退去后，有片刻我觉得很落寞。

然后两人精疲力尽地倒在榻榻米上，即使脸凑在一起也不再觉得有趣，整个气氛都冷掉了，两个人只是呼呼呼喘着大气，浑身充满了满足与寂寞。我们那样尽情大笑到几岁呢？稍微长大后，我们即使互相搔痒也无法像以前那样开怀大笑了。无法再大笑时，我觉得很遗憾，同时也知道以后没办法再那样笑了。我记得那时我失落地看着自己稍微变大且结实的手脚。可是后来我忘了。

直到看到自己四五岁的儿子，和他的朋友在榻榻米上嘻嘻嘻地笑到打滚抽筋，我感到一种异样的阴森，但也很怀念，很羡慕。（一九八五年）

小孩终于长大成人

我在成年女人身上看不到"成年女人"。但经常在小孩身上看到"成年女人"。

妹妹和她老公吵架躲进浴室。妹妹在浴室里哭泣。九岁的外甥女问："妈妈，你怎么了？"

妹妹没有回答，只是哭泣。外甥女摸着妹妹的头说："妈妈要加油哦。妈妈常常这样跟我说呀，说遇到难过的事也不能认输。我也有难过的事哦，可是我都忍耐哦，要努力才行哦。"

我在外甥女身上看到想活出未来的意志，以及对母亲的爱。可能是小孩想迈向心里那片朦胧展开的未来的意志抬头了。

我儿子五岁时，有个幼儿园同班的女孩来家里玩。这个女孩跟我说："我喜欢小健，可是小健好像不喜欢我。不过没关系。"然后非常沉静地笑了笑。

我在这个女孩身上看到成熟女人的哀伤，就像以前看过的电影的一幕。

《花都舞影》（*An American in Paris*）这部电影。

吉恩·凯利饰演的穷画家，靠着熟女富翁的资助勉强糊口度日。后来穷画家爱上年轻舞者莉莎，抛弃了熟女。熟女被抛弃的瞬间令人难忘。熟女穿着绚烂的衣服，死心地忍耐孤独。两个年轻恋人在朝阳光辉中起舞。

有个朋友曾经对我说：

"我家没有爸爸，只有妈妈在工作，所以家里真的很穷。小时候妈妈带我们小孩去看电影，但那个电影真的难看死了。可是妈妈特地请假还花钱带我们来看电影，我也不能太不识相。所以回家路上我总是兴奋地说好好看！好好看！可是他们都觉得我好冷哦，就这样默默回家了。"

也有这种故意当小丑的小孩。我的人生似乎也有很多这种时刻。

另一个朋友说：

"我念小学三年级的时候，看到家里有一本谈《论语》的书。这本书里写了'父母难为'。那时只有这句话跳进我的眼睛，其他的我都没看到。然后突然我就懂了！当父母真的很难啊。所以从那个时候开始，我就没有忤逆过父母了。不管父母多么不讲理，我都会像念经似的在心里默念：'父母难为，父母难为。'"

小孩在瞬间掌握的真理，或许是不变的东西。得道高僧或长年修行才能领悟的道理，小孩拥有瞬间就能感知的能力。因为是小孩，才有这种能力。

我儿子六岁的时候，厨房出现了蟑螂。我才不怕蟑螂，但我却尖叫了一声："啊！"儿子卷起身旁的报纸，挡在我前面说："别怕！"然后就把蟑螂打死了。

我是被六岁儿子保护的小孩。儿子捏起蟑螂，扔进垃圾桶，没有摆出很跩的样子，立刻就走了。

我们可能在出生时就被赋予了老成的东西。我不认为他们是举止像成人的小孩。每个小孩心里都住着小孩的灵魂和成人的灵魂。我不觉得小孩的天真无邪有什么可怕。小孩本来就是这样。

然后小孩终于长大成人。长大成人，意味着岁月的累积。

光就年龄而言，我算是老大不小的成人了。因为我是成人，我的朋友也几乎都是成人。我也感觉到她们失去了年轻的青春与娇嫩欲滴，却活得越来越正直。肉体的年轻，不管怎样都会失去，但精神是有可能比年轻时更年轻。

岁月会逐渐将人困在动弹不得的栅栏里。人在动弹不得的栅栏里和这个世界争论。放着不管，人也会长大。但看到有人依然拥有呱呱落地时、没有受伤的小孩灵魂，真的会很感动。

我读萨冈①的小说，经常大吃一惊，例如"巴黎有三十岁的小孩在彷徨徘徊"。

因为以前在日本只要年届三十，女人就从现役退下了，这种文化的不同也颇令人玩味。

而现在日本已经来到女人三十还算很年轻的阶段。

流行时尚也不只针对年轻小鬼，现在也有很多美丽的衣服是专门给三四十岁的女人穿，衬托出她们经过岁月历练的身体之美。

话说回来，电视能不能争气点儿。老是做一些讨好小鬼的节目，看了那种节目无论谁都长不大了。（一九八三年）

---

① 萨冈（Françoise Sagan，一九三五—二〇〇四），法国知名小说家，被誉为"不灭的青春之神""永远的天才少女"，代表作有《你好，忧郁》《某种微笑》《一月后，一年后》等。

又湿又脏的手，从脖子伸过来

我在巴黎认识的一位韩国朋友，来到东京。那是流行迷你裙的夏天。我穿着都快看到内裤的连身洋装，来银座的饭店见他。

暌违两年的他，一看到我就说："日本热成这样是怎么回事啊。我一下飞机，一股热气像是勒住了我的脖子般袭来。全世界再也找不到这么难受的酷暑了。那简直像一只又湿又脏的手，从脖子这里伸过来，刚好就像日本统治韩国的感觉哦！"

啊，他精神很好。两年前分开时以为这辈子不会再见面了，如今又见面了。我笑眯眯地微笑以对。

"只有你而已哦！听到我说日本的坏话会高兴的只有你哦。日本人都会站出来代表日本辩护哦！"

"你说的是事实啊，这也没办法。"

我带他去我仅知的一家银座寿司店，走在艳阳高照下。

在全世界最难受的酷暑中，我除了要对日本的酷暑负责，还犯了个人的过失，我走错路了。

终于来到寿司店，坐在店内的吧台，犹如要擦掉日本的脏手，他用纯白的手帕擦拭脖子上的汗水。

"寿司很棒。"他好像不想承认般地说。

"要不要来一个很棒的日本寿司啊？"

"你简直像在床上做了又做，还一直说我还要我还要的女人哦！一直一直想听日本的坏话。这个寿司是白子。"

"白子是什么？"

"小时候，我家附近有个日本小女孩叫白子。有一天，我在沙坑旁把白子推倒了。白子居然没穿内裤。我第一次看到女生的那里。"

"你是故意的吧？"

"哪有，我只是在闹她。我吓了一大跳。那么漂亮，那么可爱，后来我就没看了。长大以后，我去了那不勒斯。那不勒斯的小孩不穿内裤哦，不过不像白子那样。"

"后来白子怎么了？"

"我不知道。我只有那天去沙坑玩。"

之后，我们又在艳阳高照下走回饭店。我在想白子该不会是裕子①吧。

---

① 白子发音为"Shiroko"，裕子为"Hiroko"，"shi"与"hi"音近。

"以后我不会在夏天来日本了。"

"你在美丽的季节来就不能说坏话了，这样我很伤脑筋哦。"

"那我就说你的坏话呀。"

来到饭店大门时，一阵风吹了过来。风温温热热地黏了上来。

我感到过意不去。但是，我是日本人住在日本，夏天的风本来就是这样吹。

当年我在米兰的宿舍中庭荡秋千。午睡时间，盛夏的中庭没有半个人。

从中庭望出去的马路也一片静谧，阳光炽烈。风吹来了。啊，好幸福。幸福就是有风吹过来。

这么舒服的夏日凉风是日本没有的。不过我知道，我在某个地方吹过这种风，非常怀念。朦朦胧胧地，我突然想起来了，是大连，是战争结束那天大连的风，已经是二十五年前了。

那一天，母亲和附近的阿姨在家里哭。母亲哭着说："战争结束了哟。"我问："赢了吗？""结束了啦。""输了吗？""结束了啦。"

那一天，在校园里听到天皇沙哑的声音，仿如在铁板上流动的沙。我完全听不懂。

只记得天气大好，天空一片湛蓝。

回家后，看到母亲和附近的阿姨在哭。我走到屋外，看到孩子们沿着墙壁并排而坐。整排洋槐树的叶子青绿茂密，洋槐树的对面有一条大马路。

大马路上没有半个人。

我在整排孩子边边坐下。

一个稍微年长的女孩说：

"不是输了喔，是结束了。"

"所以是赢了吗？"我问。

"这跟输赢没关啦，是结束了。"

"既然不是输了，当然是赢了！"两个男生像猴子般跳起舞来。"赢了！赢了！"我也跳了起来，说："赢了！赢了！"搞不好真的是赢了，但我总觉得有点儿虚假。所以我一下子就不跳了，重新坐好。男生们也默默又蹲了下去。一片寂静。

这时，两个中国男孩从大马路走来，扛着大大的扁担，挂着两个竹笼，不晓得在搬运什么。他们光着脚丫，脚很脏，看起来才十一二岁。

中国男孩侧首看着我们走过去，还对我们笑。

我大吃一惊。因为我第一次看到中国男孩那样对我们笑。他们一边走着，一边扭着脖子对我们笑。

其他中国小孩也笑了，笑得很诡异，很得意。那时我明白了，母亲说的是谎话。

"瞧他们笑得多神气，明明是干苦力的。"年纪稍长的女孩歪着嘴说。那时我也才知道，原来这个女孩和大家都知道实情。

那时吹起了一阵风。在一片湛蓝青空的盛夏午后。清爽凉快的风，好舒服。

从明天起，换我们代替中国小孩光着脚丫搬重物吗？

蹲着的男孩们依然静默不语，望着逐渐远去的中国男孩。

风，时而歇息，时而又吹起。每当风一吹起，身体就和心灵无关地觉得很舒服，唯有身体充满了幸福。

夏天，每当起风，我常想起韩国的朋友。

几年前在西班牙的广场、去年在瑞典的原野吹风时，我想起朝着洋槐树走去的中国男孩。（一九八六年）

学校不有趣，
但也不无趣

来到东京后，最令我惊讶的是，诸多条件幸运地碰在一起，譬如在电车里，看到远方空隙处出现仅仅七厘米的富士山，朋友兴奋得不得了。

"啊，富士山！"

"真的假的？"

"啊，看到了！"

她，或是他们，只是看到七厘米小小的富士山，就好像得到什么神的恩宠，整张脸充满了希望。而且这非常像东京人，害我都不敢说："我觉得那个富士山也太好笑了。"

但这也让我领悟到，被巨大的富士山拥抱着，任何时候都认为这是理所当然，是多么不懂感激且奢侈的心态。

认为富士山应该非常巨大也感到不好意思。

朋友看到七厘米的富士山不仅很兴奋，还露出一副绝不肯放掉她和七厘米富士山之间细细羁绊的表情。

这种类似"我跟你说，富士山是我的哦。不过稍微让你看一下没关系"的心情，我以前也有过。就在此时，我想起了已经扔掉的水手服，和穿水手服的高中同学。

不过那所高中真是安稳、悠闲、美丽的学校啊。

实在太悠闲了，我觉得学校不有趣，但也不无趣。

我大概对任何事都无法激起年轻人的意欲，而且左顾右盼想说有没有什么有趣的事。没有做坏事，也没做好事。

沉浸在图书馆觉得很跩；爬上中庭的石榴树偷摘石榴，被校长逮到就拿鞋子丢他，逃之夭夭；一年有半年都忘记打水手服的领带。

被数学老师叱骂赶出教室，我散步到樱花盛开的堤防上。

每个人都把樱花插在头上拍纪念照时，不知为何，我竟然在别班的照片里。

还有，现在我觉得女子高中真的很恐怖。十六七岁的女生当然很性感，而且一定处于发情期，我高二迷上了教历史的班导。现在我不知道二十八岁有两个孩子的老师是不是特别有魅力，但那时我醒着睡着都很悲伤，去了学校只想见到那个老师。光是看到他，心脏就快跳出来了，但我对他没有任何期待。譬如摸摸他的手这种事，我连想都没想过。

到了夏天的傍晚，我经常悠悠哉哉骑着脚踏车去他家附近，而且这个老师的家还不算近，我一直待到肚子饿过头没食欲才回家。

我不认为我是特别的。那时我发育不全瘦巴巴的，完全没有那方面的知识。我只是小说看太多。

但是，我知道大半的同学都迷恋年轻老师，现在想想真的不寒而栗。

一排一排穿着水手服十六七岁的女孩，盯着台上的老师，送出热切的视线，尽管如此也不能怪她们吧。

毕竟她们是几乎不知"性"为何物、二十几年前的女孩，但"性"意识也逐渐觉醒了。在举目都是女生的学校里，把那种淡到称不上恋爱的心情投向老师，我觉得即使很纯情，但也不自然。

就如男生长大后，对思春期的性觉醒感到嫌恶，而女生也不是精神上的，若说抒情的也并不清爽。

那个迷恋体育老师的 F 同学，那个喜欢数学老师的 T 同学，那个爱生物老师又爱数学老师的花心 A 同学，那些曾经是我的情敌的同学们，我们没礼貌地对恩师们做了什么事啊？

多么可爱动人又毛骨悚然。

对于富士山，我觉得我宛如随时都紧握着一条可以拉住秋田犬的粗绳。

咦！已经二十三年了啊

　　大学的修学旅行去了奈良。四十几个学生住在奈良公园前、一家名为"日吉馆"的阴森老旅馆，到处都显得破破旧旧。大家被活力充沛的旅馆阿婆骂来骂去，却开心得不得了。

　　天气很热。在艳阳高照下，我们鱼贯走在田间小路上，从唐招提寺到药师寺。除了鱼贯走着的我们，看不到任何人。热气从地面袅袅上升，安静到令人心里发毛。阳光亮到让人睁不开眼睛。

　　在这条燠热的细长小路上，我想走到我喜欢的男生后面，让他注意我。当我终于走到他的后面时，一个穿短裤戴草帽对我纠缠不休的男生突然大喊："让开让开！借过一下！"拨开同学们，追到我旁边来，还"嘿嘿嘿"地像小狗吐出舌头。我顿时无力，整个傻眼了，连在唐招提寺看到什么都忘了，只记得细长的田间小路和热死人的天气。

　　吃完闹哄哄的晚餐后，我去旅馆前奈良公园的草坪。

那里出奇地凉快，我们不知不觉成了情侣。起初我们只是静静地坐着。一个身体倾向斜前方正经八百的男生和一个正经八百的女生。

"你高中念哪里？"大学已经入学三年以上了。"石神井高中。"女生回答。"他们在搞什么呀，像小学生一样。"我旁边的男生哈哈大笑。那时我们聊了些什么呢？毕业那年的秋天，我和那晚在奈良公园坐在我旁边的男生结婚了。他不是我在田里想走在他后面的男生，也不是一直纠缠我的男生。

之后过了二十三年。

两星期前，我去了奈良。天气非常燠热。我把车停在奈良公园前。这是修学旅行以来，第一次重返旧地。

公园和那一带都比二十三年前漂亮多了，外国人背着登山背包走在里面。我离婚了。没来奈良公园的这段岁月里，我结婚生了小孩，和老公离婚了。

"咦！已经二十三年了啊。我结婚也超过二十年了哦。"

从奈良公园的草坪上开始，如今那二十三年的岁月，已经完全被覆盖于用肚子呼吸的鹿瘫坐的草坪下，简直成了另一个世界。

这二十三年里，我明明度过许多酷热难耐的夏天，却已记忆模糊，唯有从唐招提寺到药师寺，那艳阳高照的田间小路的燠热记得最清楚。

日吉馆面向公园的二楼窗户晒着棉被。不久前，我在报纸看到日吉馆那个活力充沛的阿婆把旅馆收了。真的燠热无比。（一九八四年）

迟钝的骄傲自大正是年轻本色

——给二十岁的佐野洋子小姐

昨天，你在厨房，看着四十岁的阿姨，想着这些事："这个人活到四十岁，究竟还有什么活着的乐趣呢？老公的薪水那么少，每天从早到晚都做重复的事。我煮味噌汤的时候，要是用来熬汤底的鱼内脏清得不干净，你就把它当作人生大事般拼命数落我。只不过是清个鱼内脏，你却把它当作人生的重大问题，这样的人生有什么意义呢？我绝对不要过你这种人生。"

你的想法清楚地呈现在你脸上，所以四十岁的阿姨笑说："瞧你摆出一脸嗤之以鼻的跩样，你不要瞧不起人哦。"这时寄宿在二楼的二十五岁早稻田研究生加藤过来说："真是令人惊艳啊，你今天又变得更漂亮了。"四十岁的阿姨装出恶心的年轻语气："讨厌啦，加藤，人家不来了。"你在心里讥讽："你有没有搞错啊。二十五岁的加藤不是在说四十岁的你漂亮，是在说二十岁的我。"

对于这么想的你，至今我仍感到羞耻。长得像田村正和的加藤，夸奖的是四十岁的阿姨。帅气又风流倜傥的俊美青年，有着正确的审美观。

整洁的深蓝与灰色相间的直条纹和服上，套着一件白色日式围裙，身材高挑的四十岁阿姨成熟的性感与内涵，你是不懂得欣赏的。毫无根据地认为年轻就是一切，长了满脸的青春痘，穿着肮脏的牛仔裤，浑身散发着怨气和冷漠不和谐的声音，这样的女学生连当女佣都不够格。这种迟钝的骄傲自大正是年轻本色。

神是如此创造这个世界。"年轻"只能靠着自私、单纯、没神经才能存活下去。对看不见的未来抱持幻想，动辄得咎，只对同龄的没神经朋友有共鸣，而且把没有共鸣的人全部排斥在外，动不动就说别人"太老气，过时了"，旁若无人，喜欢一群人上街鬼混，看不到世上还有一岁的婴儿、七十岁的老太婆、生病的青年，而且永远不满足。唯一拥有的只有不知如何使用的精力。尽管如此你还是拼命画画，时而害怕自己没有才华，时而不愿面对现实，期待着总有一天会出现心仪的青年，却又对自己的容貌深感绝望，即使如此你还是很想要，总是左顾右盼看看有没有适合的人选。啊，真讨厌，我真不想看到二十岁的你。

看到满街沉迷于炫耀年轻的年轻人，我就忍不住落泪，简直像赤手空拳冲进丛林里的笨拙猎人。我心疼他们的果敢，很想用力摇晃他们的肩膀，抚摸光滑的脸颊，对他们说一声："加油！"年轻人可能会单纯地心想："这位大婶，你没事吧？"我不觉得二十岁的你有什么可爱，但现在四十岁的我很可爱。因为产生感情了。我现在已经能完美清除鱼内脏了。这是人生重大的事情。（一九八五年）

为什么我们家的孩子最可爱

我二十三岁就结婚了，但我并不认为结婚是为了生小孩。到了第三年还没生小孩，我婆婆就酸我："以前结婚三年没生小孩会被休掉呢，现在的女人真好命啊。"

第四年我吐血，浑身冒出紫色斑点，早上起床枕头被鲜血洇湿了一片。

医生做了身体检查，发现我有子宫后屈、发育不全，血不容易凝固等毛病。医生说："你要是生小孩会死哦！"我觉得棒透了。因为我讨厌小孩。不料过了三个月，一下子就治好了。

然后我在三十岁那年怀孕了。"孩子我来照顾，尿片我也会洗。拜托你生下来。"老公双手抵在榻榻米上，磕头求我。但没多久我就知道他只是随便说说。

我像吹气球般胖了起来。原本七十三厘米的胸围越来越大，后来大到一百零四厘米，穿 T 恤都从胸部开始脏。没有什么孕吐。突然很想吃鲣鱼生鱼片和西瓜，于是冲去超市买了生鱼片和西瓜，回到家站在厨房直接吃了起来，吃完生鱼片立刻大啖西瓜。肚子里动了起来，我觉得毛骨悚然。书上说感觉到胎动时，会心生爱怜，感动到落泪，朋友也一脸陶醉地抚摸突出的大肚子。但我却确信会生出一个笨拙可恨的男孩而讨厌这个小孩。我很担心我可能缺乏母爱。

肚子越来越大，体重多了二十公斤，孩子犹如浴缸里的水在摇晃，在我肚子里动来动去。我因为大腹便便无法躺平睡觉，只好把棉被叠起来坐着睡。我只想早点儿"卸货"得到解脱。然后那一天终于来了。我觉得我被骗了。生过小孩的人，没人确实告诉我生小孩有多痛多恐怖。"反正大家都这么生嘛。""只有那时候痛一下啦。"因为太痛太恐怖了，我都忘记自己在生小孩。

我想起《圣赛巴斯汀的殉教》①这幅画，想把痛苦变成快感，但圣赛巴斯汀是骗人的。我不禁认为这是神给我的惩罚。我试着回想小时候做过的坏事，但想不出值得如此惩罚的天大坏事。能够想到的只有，做爱。原来做爱是坏事。我由衷憎恨不痛不痒出门去上班的老公。

① 赛巴斯汀为罗马帝国军人，当时罗马政府禁止基督教并逮捕虐杀基督徒，但赛巴斯汀偷偷释放了基督徒，因此遭到逮捕，被赤身裸体绑在柱上，接受百名士兵射箭而死。后来赛巴斯汀封"圣"，这个故事也一再成为艺术家创作的主题，成为欧洲艺术里最大的"圣像学"主流符号。

从夏娃开始几千年来，女人都在受这种罪吗？人类已经可以发射火箭去月球了，女人还是和夏娃一样做着同样的事生小孩。常来巡房的女医生，以冷漠的声音说："这家医院第一次有这么吵的人，真是太难看了。"那个女医生一定没有生过小孩。女人的敌人果然是女人。

我呻吟着爬上分娩台。两个护士用力压我的肚子。然后转啊转，小孩出来了。我顿时整个轻松了，小孩哇哇大哭。

那时，我连孩子的脸都没看就朝着孩子说："啊！我的宝宝！我的宝宝！"这句话从心底深处爆发出来。实在很神奇。"有手吗？有脚吗？""别担心，是个有雄伟小鸡鸡的健康宝宝哟！""啊！我的宝宝！"我连脸都没看。一股非常安详温暖的波浪涌了过来，我睡着了。

我看着满是皱纹的宝宝。我觉得他是前所未有的可爱宝宝。小小的手，有着小小小小的指甲。这是怎么做出来的？我在学校素描画得很差，动不动就画到变形，可是现在好想画这个精巧的指甲。这么香的味道也从没闻过。我第一次喂他喝奶时，宝宝把他的小嘴抵在我巨大的乳房上，拼命地吸，吸得奋不顾身，令人心疼爱怜。我扑簌簌地流下眼泪，在心里想着，无论如何一定要守护这个小宝贝。然后突然也想到，这孩子长到八十岁时，谁来安慰他的孤独呢？我一边喂着刚出生的宝宝喝奶，一边为这孩子八十岁的孤独而哭泣。

我去看睡在婴儿室的宝宝。里面并排着十二三个皱皱的宝宝，其中我的宝宝最醒目，我一眼就看到他。因为他在十二三个宝宝里是最可爱的。旁边的宝宝没有头发，鼻孔又太大。生下那种孩子的父母真可怜。他们不能像我这样开心地笑眯眯。我旁边站着生了小孩的母亲和她的老公。原来那个大鼻孔没毛的就是她生的。"老公，为什么我们家的小孩最可爱呢。"母亲低声对她老公说，而且眼神和笑不拢的嘴都跟我一样。

　　我都忘了医生说我怀孕会死。我才没死呢。把能出的奶都出光后，我的乳房若无其事地回到七十五厘米，体重也从六十三公斤变回四十三公斤。我不认为我的身体有人格，它和地面、企鹅、苍蝇是同一个等级。然而这个不是我意志的东西却支撑着我。（一九八五年）

你希望我成为什么样的人

妹妹说："我要是生了五个小孩,你要不要帮我养两个?"我大声回答："我帮你养!这次我会从过去的失败学到教训,尽管交给我!"

"你到底想怎样?"十六岁的失败儿子问得直截了当。"先彻底整顿一下。""那你自己的整顿呢?""……""然后呢?""我从你小时候就叫你做这个做那个,已经说得太多了。怎么说都不听的孩子,说什么都没有用。十天前我发现了这个道理,其实什么都不说也没关系。""你希望我成为什么样的人?"我顿时哑口无言。我希望他成为什么样的人吗?基本上,把一个人照自己的想法塑造出来,这种自以为是的想法能获得允许吗?

我有个一百七十四厘米,拥有堂堂健康身体的年轻男人。一个会生气会笑也会反抗的十六岁男人。深夜和朋友讲电话讲很久,拥有自己的世界却不跟我说的男人。以前我有一个小孩，光是他的笑容就能为我带来幸福。这小孩还会打蟑螂保护我。我曾经有个会发飙痛骂他，然后允许他紧紧抱我的小孩。

后来我认为我对小孩的教育失败了。于是这个一百七十四厘米的男人就是废物人渣吗？对谁而言呢？

没有人是完美的。如果我妈唉声叹气地说我是个失败的作品，我会高兴吗？开什么玩笑。纵使有数不清的缺点，我也活出了自己，又哭又笑的人生是很美好的。怎么可以逮住一个人成长过程中的片刻，就来判断他的成功或失败，而且究竟由谁来判断呢？

我在养育小孩的过程中，或许曾察觉到，也或许不自觉地一直在伤害这个孩子。我希望他很受伤、很恨我地长大成人。我希望借由感激小孩的存在来得到小孩的爱。

我再度定睛打量这个身材壮硕的儿子。

"你这样就很好啊。你很好哦。"

"就是嘛。"儿子悠然地站起来，然后又随便躺下，按下电视遥控器，一脸蠢样哈哈大笑。这样就好吗？一定很好。（一九八三年）

啊，这只狗的爸爸是腊肠犬

小孩一直吵着要养狗。

反正只要有长毛的他都喜欢。打从他还包着尿片、屁股肿得像气球，摇摇晃晃走路开始，他就会把头埋进陌生小狗的脖子里了。

搬到有小院子的房子时，兽医给了我们一只柴犬的杂种幼犬。

这是一只胖嘟嘟的褐色幼犬，耳朵是下垂的。因为道听途说的关系，我总认为日本犬的耳朵一定是直直地竖起来，所以每当我看到这只狗都很担心"耳朵会竖起来吗？""耳朵没问题吗？"

随着狗慢慢地长大，耳朵竖起来了，模样也越来越像总是一脸困惑的柴犬和杂种狗生的混血狗。

这时脸也已经不是幼犬样，身体也越来越长了。

但是，脚还是和刚来的时候一样长，然后胸部也开始凸了出来，但是胖胖的脚却一厘米也没有成长。

"她"有着一张日本杂种狗的脸蛋，跑起来简直像拖着一条土管般的身体。我第一次看到这种形状的狗。

我很想找那个说这只狗是柴犬杂种的兽医理论。

去打针的时候，医生若无其事地说："啊，这只狗的爸爸是腊肠犬。"还露出一脸开心的模样。那时，这只狗已经取了一个可爱的名字"桃子"。对我们而言，不管她身体长得像土管，还是一脸困惑地飞奔过来，都已经是我家无可取代的小狗，事到如今也不能把她的腿拉长。

春天来了，我家前面的那片田成了紫云英田。短腿桃子在紫云英田里只看得见背和脸，她在紫云英田里追蜜蜂，笑得好开心。人们说狗不会笑，但桃子流着口水，确实用她长得很困惑的脸笑得很开心。

只露出半个背在紫云英田里跑来跑去的桃子，是只了不起的柴犬。我顿时看到入迷了。但她从紫云英田走上道路时，连早已习惯的我都吓了一跳。

儿子傍晚带她出去散步时，一个牵着纯种狗的漂亮姐姐对他说：

"我家的狗有血统证明书，所以不能跟桃子玩。"我们很受伤。

带小狗出门兜风时，桃子会自己把身体贴合地挤在后座的后窗边，她的腿完全不碍事。当我们在路边餐馆下车时，桃子会把头探出车窗，流着口水等我们。路人看到惊呼：

"哇，是柴犬呀！好可爱哦！"我们把桃子放出来尿尿后，他们看到桃子的腿和我们的脸，瞬间放声爆笑。

我们已经习惯世人的眼光。共度了几个季节后，我们的感情也和短腿桃子合而为一了。

我们觉得狗就该像桃子这样。所以现在我在街上看到别的狗会很吃惊。哎哟，腿太长了啦。

腿那么长，难看死了。

我和儿子看到别的狗也会碎念。

"你看，那个腿，走起来多不安定啊，真可怜。那样很容易骨折哦。"

"难看死了，一点儿都不像狗。"

爱是萌生于疼惜身边的东西，这实在是不公平的偏袒，甚至会改变美感意识。

CHAPTER

种大波斯菊的是不开心的中年父亲

　　我出生后第一次看到的花是松叶牡丹。松叶牡丹是一种低矮的花，开在北京家中的院子里。院子里没有小孩能站起来仰望的高度的花。我总是蹲在地上，把玩或观赏看得到的东西。我不记得我好好欣赏过松叶牡丹。我看到松叶牡丹就会摘下它细小如棒的叶子，折成两段。转眼间，折断的断面会涌出小滴汁液。我就这样一直摘一直折，看到汁液涌出就把它扔掉，然后又摘又扔掉。怎么都玩不腻。第二天看到松叶牡丹的叶子，又像强迫症般非摘不可。

　　我蹲着猛摘叶子，有时会舔一舔那个汁液，有种草涩味、苦苦的。深玫瑰色的小花绽放后，我会拔下花瓣，用手指捏碎，挤出红色的汁液。捏碎花瓣后，看到自己变红的手指，我一定会去闻，有种苦苦的草涩味。然后用捏碎的花瓣涂指甲。两只手的十根指甲都涂完后，就没有东西可涂了。那时候我好希望我有四只手、五只手，而不是两只手。

然后玛格丽特开了。我走到玛格丽特旁边，没有整朵摘下来，而是在上面拔花瓣。花瓣拔光后，只剩下黄黄秃秃的花蕊。只剩下黄色花蕊后，我就用手指揪住花蕊，把花蕊挖下来。然后用指尖揉碎，黄色花蕊就从指间纷纷飘落。花蕊下面有个更小的、绿色的、硬硬的，像星状碟子的东西，残留在茎梗上。然后我又开始拔白色花瓣，扔掉。拔花瓣的时候看到蚂蚁的行列，这回又拿棍子去压蚂蚁，找到蚁巢就用棍子去戳它，一直戳，戳个不停。小时候我每天都蹲着，默默地摘折、挤压、搓揉。

在大连，到了上幼儿园的时候，我都一边摘着路边的叶子回家。不知为何，只有回家的路上会摘。一定是去的时候太匆忙。或者和朋友在一起，不会注意路边的草。我摘叶子，一定会翻过来看。要是看到叶子背面有白粉般的东西，我会仔细刮掉。叶子因为我手指的热度会变软、变黑，几近透明。然后扔掉再去摘另一片叶子，查看背面。因为我是站着做这些事，所以经常一直站在路边。

小学一年级时，战争结束了。大连到处都是洋槐树。因为学校没了，我每天在洋槐树下玩。先是跳起来摘洋槐花，把一整串的花揪下来，然后坐下，从整串花里摘下一朵朵的小花，接着吸花的基部，因为花的基部有花蜜。我都是维持固定的节奏，吸了扔掉，吸了扔掉，然后再去洋槐树下往上跳摘一串花。

不知为何，比起一个人玩，我更喜欢和朋友一起比赛。一个人总是慢吞吞地不来劲。用小指头沾着小花基部的一丁点花蜜，到了舌头上只剩下一咪咪甜味。一次就好，我好想舔一整汤匙的花蜜。我一边想着，一边拼命扔掉小白花。一回神，我的脚边积了一堆被我扔掉的洋槐花。

后来我们撤退到父亲的故乡。撤退又租房子住的小孩一无所有。梯田一阶一阶沿着山坡上去，梯田间的每一户房子都有石墙。每一家的石墙都开着金盏花，开在石头和石头的空隙间。我第一次看到叠着鲜艳橘色花瓣的金盏花。我认为这是乡下粗俗的花。我不摘金盏花，或许我已经大到不会去摘花，但更重要的是，这是别人家的花。农家的院子有各种树木花卉。例如杏桃树的桃色花朵绽放后，不久会结出杏桃，但这是别人家的花，别人家的杏桃。我知道植物也是会归人所有的，但我家什么都没有。我还第一次看到了大理花、美人蕉、百合、葵花、蜀葵、绣球花、芙蓉花，但这些都是别人院子里的别人的花。我由衷羡慕别人家有果树。

去堂妹家，他们家的猪舍前有一棵很大的无花果树。堂妹爬上去，随手就摘来吃，还宽大地说："你也可以摘来吃哦。"但我懂得一个道理，不能摘最大颗、看起来很甜、现在吃正是时候的无花果。堂妹也让我爬上柿子树，她会摘青色的柿子去扔经过树下的小孩，但我也明白柿子不是我的，我没有特权拿宝贵的柿子代替石头去扔人。柿子和无花果是朴素且实用的，而杏桃则是娇艳华丽、带着女人般的性感。堂妹很舍得把柿子和无花果给人，但对杏桃就舍不得了。

后来我来到了中型都市，忘了乡下的柿子和无花果，也忘了花。水果和花都变成需要买的。但我不是过着可以经常买花的生活。中型都市花店内的种类也不是那么繁多。佛坛用的花，不论在店里的角落或店面，都是插在水桶里卖。但是，当时十几岁的我，耽溺于阅读少女小说，真的认识了很多花名。但也只是花名而已。比方说，三色堇、勿忘草、含羞草、白玫瑰、花菱草、山楂花、孤挺花、鸢尾花、麝香豌豆花、雏菊、番红花、满天星、一串红、铃兰花、香水草，一个个都是美丽浪漫的名字。越是没看过，越觉得浪漫，令人心情愉悦。偶尔出现向日葵这种我知道的花，少女小说立刻变得很现实，使我难以陶醉其中。还有，可以的话，我更喜欢片假名的花名。

那时候父亲在小小的院子种了很多花，但不知为何，父亲不管在哪里种的都是平凡又俗气的乡下花。每当盛夏正热，红色和黄色的美人蕉怒放，那个花朵和厚厚的大叶子让人觉得更热。至于鸡冠花，我根本不认为它是花，而是有点儿诡异的动物。我家在巷子底，父亲在家门前的路边种了一堆大波斯菊。这让我有点烦恼。虽然大波斯菊是处处可见的平凡花卉，但丝线般的叶子和薄薄纤细的花瓣，真是越看越浪漫。身旁有如此纤细美丽的花，叫人如何是好。大波斯菊的花田适合病弱的美少女，但种这片花田的却是中年不开心的父亲。

不只我家有大波斯菊，连隔壁家前面的田地一隅也开着大波斯菊，从大波斯菊的花荫冲出来的是弟弟的朋友，流着鼻涕的光头。父亲也种了大理花。圆滚滚的大理花活像婴儿的头，看起来很郁闷。很多同学会摘自家院子的花来学校，其中以大理花居多。我的少女时代，就在现实平凡的花与没看过的浪漫的花之间结束了。

现在，我都在花店买花。东京的花店有各种美丽动人的花。原本只知道花名的我，现在也看到真正的花了。有时心血来潮，也会把出现在杂志封面的花买回家。只要有钱就能买到美丽的花。可是，不用多久就枯萎了。总觉得没什么真实感。我指的没有真实感，不是花会枯萎，而是没办法像小时候去摸花、摘花、抠花、舔花，用花瓣来涂指甲。既没有退一步想"这不是我的花"的情操，也不再是看到陌生花名会神游怀想的少女了。（一九八六年）

不知不觉滥用身为姐姐的蛮横

　　母亲生了七个小孩。虽然孩子一个接着一个生，但三个男孩在幼年就死了，所以我的手足有五个人的时候，也有三个人的时候，固定为四个人是我十一岁的事。我十岁时，哥哥死了。大我两岁的哥哥过世之前，我们是如胶似漆的兄妹。哥哥还活着的时候，睡觉时我都把哥哥的手环在我的肩上，牵着他的手睡觉。有一天午觉醒来，环在我肩上的不是哥哥的手，而是弟弟的手。但是刚醒来时，我一直以为那是哥哥的手。后来才想起哥哥已经死了，哥哥已经不在了，我浑身战栗看着弟弟的手。哥哥死后，我和小我两岁的弟弟感情并没有变得特别好，也没有特别坏。再往下小我六岁的妹妹，对我而言是必须照顾的麻烦且碍事的人。我经常不愿让妹妹绑在我背上而到处逃窜。

　　小我十一岁的小妹出生时，我主动当起了小妹的保护者。不用拜托我，我到哪里都带着小妹。邻近的小孩找我出去玩，我会急忙背对檐廊，等小妹爬上我的背，跑起来以后，妹妹的头在我的背上叩叩叩摇来晃去。家里很小，大家总是会碰到一块儿，小冲突、恶搞、吵架不断，母亲常常怒甩头发大发雷霆，我小时候唯一的愿望是，想当独生女。在家里，弟弟会抓我的头发，我会掐弟弟的手；但在外面，弟弟被欺负的话，我会冲上去救弟弟。不管对方是人多势众，还是比我大很多的强悍男生，我从不畏怯，每一次都把弟弟救出来。身为姐姐的我去救弟弟，其他小孩也能接受。换成别的小孩也一样。身为兄姐来救弟妹是正义，这是大家默许的潜规则。有时去救弟妹时，敌方的哥哥或姐姐也来了，这时刚才的纷争会烟消云散，变成一场新的骚动。我去救弟弟时，不会考虑事情的发展或什么道理。我只是身体和感情混在一起就冲上去救人了。在家里，我常被没用的蠢蛋弟弟搞得很火大，其实比起弟弟在外面被人欺负，他在家里更常被我欺负。和弟弟没有冲突时，我根本不太理会他。

仔细想想，哥哥和我是感情好到不像话的兄妹，我无法和其他手足建立像我和哥哥般的关系，也没想要建立，只是让它顺其自然。大妹夹在中间，上有兄姐、下有妹妹，是个满不在乎懂得走自己的路的人。我只顾着保护小妹，碰到下雨天我还会提早离校，撑伞去幼儿园接她。

我从没想过，我和手足的感情好不好。

搬出家里，和手足分开住后，我才第一次感受到手足间互相牵引的力量。我很感谢我有兄弟姐妹，想起小时候想当独生女，我就莞尔失笑。偶尔见面时，比任何人都令人感到安心。即便各自有了伴侣，开始经营各自的生活，兄弟姐妹还是和其他人不同，让人感到舒服自在。

当别人说，你们兄弟姐妹感情真好啊。我会率直地回答，对啊，我们感情真的很好。我有好弟弟和好妹妹，我甚至认为我算是个好姐姐。有一次，小妹说："姐，我不只要听爸妈的话，还得听姐姐、哥哥，还有美子姐的命令。你有想过吗？"我从来没想过。我只能低低地垂下头。

虽然心想你也早点儿说嘛，但也太迟了。因为我早已不知不觉滥用身为姐姐的蛮横。

我大吃一惊，原来母亲也当过小孩

小时候看到祖母，总以为祖母生下来就是祖母。

父母也是生下来就是父母，从没怀疑过。有一次，当母亲说："那是我上学以前，大概五岁的时候吧。"我大吃一惊，原来母亲也当过小孩啊。

五岁的母亲和附近小孩在玩扮家家酒时，一个年纪稍长的女孩命令母亲去旁边的寺庙摘菊花回来。

母亲去寺庙的庭院，看到和尚精心培育、大得像小孩的头的垂菊，一株一株种在花盆里，整齐排列着。母亲趁着四下无人，摘了其中最大的一朵。正当她摘下来时，后领也被揪住了。和尚怒不可遏地大骂："你是谁家的孩子！"五岁的母亲情急之下大叫："我要尿尿！"和尚惊吓之余连忙松手，五岁的母亲就趁机抓着菊花逃回来了。

"我天生聪明机灵哟。"母亲说。我好几次央求母亲讲寺庙摘花的事，母亲每次都会开心地说："我天生聪明机灵哟！"

我没看过母亲小时候的照片，不知道她小时候长得什么样。因为她一直都是摆着母亲的脸的母亲，所以我无法想象母亲小时候的样子。为什么我一直央求母亲讲这个故事呢？可能是我喜欢接到命令就快步跑去，拼命完成使命的小孩吧；也可能是佩服摘了其中最大朵花的胆识；也可能喊出"我要尿尿"的小奸诈逆转危机，反而将了大人一军让我觉得很痛快。这些或许都是我喜欢这个故事的理由。不过我最喜欢的可能是，发现母亲竟然也当过小孩这种理所当然的惊讶。我想，我是想确认母亲也曾经和我一样是个小孩。

记得以前在榻榻米上玩积木的时候，纸门刚好开着，我不经意看到母亲的脚，觉得眼前那双脚巨大得像桃太郎的鬼脚。还有母亲的脸总是在很高的地方，父母的对话几乎都是我听不懂的大人用词。

我听得懂的只有我知道的"物品"名词，只要我知道的"物品"名词一出现，我会就凑过去听，心想他们会不会在谈我的事。

母亲和小孩的我，不是同样的人类。她是属于截然不同世界的不同人种。后来我有了自己的小孩。

但是我把自己桃太郎般的鬼脚伸到小孩面前，说着对小孩而言像是外国话的语言，却也没有自觉到自己仿如从电线杆上面发出声音。

我可能抱持着一种错觉，认为我是温柔的母亲，在教导小孩正确的事，也误以为小孩永远都渴望母亲。

我曾跟我的小孩说过我当小孩时的事吗？我忘了。

头也不回地分手吧

战后撤退回山梨的乡下老家，母亲穿着农家裤子在田里种豆子和茄子。我觉得母亲认为她在田里干活的模样是暂时的。我们住的房子也是向父亲的农家远亲租来的偏屋，但母亲绝不舍弃自己是东京人的意识。母亲也不说父亲老家的乡下方言，而且还藐视父亲那边的亲人，露骨到身为小孩的我都看得出来。她相信撤回日本失业的父亲，不久一定会在东京找到工作。

我常听她提起我不知道的名称，例如尾张町、银座、日本桥、资生堂、服部等，也听说她单身时代曾在银座的出版社上过班，不知道她做的是什么工作，不过她说去过吉野源三郎①的家取稿子，或许是编辑，也或许只是跑腿的。

---

① 吉野源三郎（一八九九——九八一），日本昭和时代的儿童文学家、评论家、翻译家。

白木屋百货店的火灾事件①，我是在山梨的穷乡僻壤听到的。没穿内裤的女店员被烧死，对我是天大奇闻。因为我一直以为猿猴变成人类时，就已经穿着内裤了。同时也觉得有什么比生命更重要呢？换作是我，就算露出整个屁股也要保住性命。白木屋百货店的火灾是如梦幻般很久以前的事，而东京和日本桥对山梨穷乡僻壤的小孩，也是非常遥远的地方。

　　十几年后，我从美术学校毕业，第一份工作就是在白木屋上班。

　　我的工作地点是在白木屋七楼的宣传部，但我每天都不走员工专用的侧门，而是搭顾客用的手扶梯上七楼。百货公司开店时，大门两侧站着两排穿制服的年轻店员，向顾客深深鞠躬。从这中间走过去实在很难为情，但我很喜欢搭百货公司长长的手扶梯去七楼。身为员工，这是违反规定、没常识的事。有个同事大声骂我："你是从大门进来的？太不像话了。要从侧门走楼梯上来啦！"

　　这是我的第一份工作，但中元节大甩卖的海报和圣诞节用的海报，都决定用我的画。街上也贴了很多我画的海报。

　　父亲后来当上静冈的高中老师，在我十九岁那年，死在

① 发生于一九三二年的东京，死者多达十余人，后来和"女生不穿内裤"扯上关系。传说因为当时的日本女孩穿和服时，里面并没有穿内裤，从高处攀救生绳凌空而降时，女店员要逃生又要遮羞，手忙脚乱之下发生了悲剧。

静冈。父亲死后，母亲没回东京，而是成为地方中型都市的人，成了静冈人。母亲逐渐在她的东京话里夹杂了静冈话，而偶尔回家探亲的我，说的已完全是东京话。

母亲的老家，在外公死后，由阿姨一家人住进去。母亲偶尔去阿姨家时，并不会积极去她怀念的银座或日本桥玩。我的圣诞节海报贴在街上时，我曾和母亲从日本桥走到银座。在白木屋百货公司前，母亲仰望建筑物，笑也不笑地说："咦，这就是白木屋啊，没有窗户啊，这要是发生火灾跳不下来吧。"看到丸善书店，她说："哎呀，丸善一点儿都没变啊。我以前常和你爸爸来哦。"

我无法想象还在当学生的父亲与年轻的母亲。父亲学生时代的照片，穿着披风，踩着高齿木屐。

母亲当时一定是走在时代尖端的摩登女郎。好几张母亲年轻时的照片，身上穿着二十世纪三十年代最流行的衣着款式，脚上踩着黑白色调的鞋子，头上斜戴着大帽子。每天擦拭煤油灯罩、从乡下来的父亲，可能把母亲当作花枝招展的都会女人而迷上她吧。

母亲只稍稍看了一下我贴在银座路上的海报。走在银座路上，母亲只顾着往上看。

"带我去资生堂西餐厅啦。我以前每天都要去资生堂西餐厅才能心满意足。"

母亲坐在资生堂西餐厅后，规规矩矩地把手提包放在膝上，一脸正经八百显得很紧张。怎么看都像个地方都市的大婶。

母亲吃了冰激凌。

"以前是这种味道吗？"平常总是拉高嗓门喋喋不休的母亲，这时变得很安静。母亲忽然说："女人最好不要嫁给最爱的人。这样才能保留美好的回忆。""咦？妈你是哪种人啊？""我曾经和你爸爸的朋友交往过哟。""啥？你和他有没有做了什么？""别傻了，连手都没牵过哟。最后啊，在尾张町的转角处，我跟他说，我们就头也不回地分手吧，就这样分手了。"

已经是个乡下大婶的母亲笑了。眼神里没有落寞，没有遗憾，一脸的满足，连丝毫感伤都看不出来。

我想起白木屋火灾。

即使露出整个屁股我也要保住性命，同样地，就算美丽的回忆瓦解了，我也要和最爱的人结婚。

母亲穿着石膏味的白鞋上哪儿去了？

夏天到了，母亲穿上布制的网眼鞋。

然后用牙刷蘸白色黏黏糊糊的鞋油，涂在这双白色网眼鞋上。我觉得这个鞋油是石膏粉做的。因为我用手指摸摸干掉剥落的东西，那味道和石膏粉一样。

母亲穿着这双高跟的鞋子，撑着阳伞，究竟上哪儿去了？母亲的东西里，我觉得这把阳伞最漂亮。

阳伞的内侧张着玫瑰色绉绸，伞面是黑色蕾丝。伞柄有黑色小圆点，这些黑色圆点看起来也像透着玫瑰色。这把阳伞让我想到西洋的公主。踩着白色高跟鞋，撑着华丽阳伞的母亲，是全世界最美的人。我不知道母亲去哪里。我只担心我出嫁的时候，母亲会不会把阳伞给我。

现在想想，那把阳伞够浓艳，看起来热死人，而且品位低俗。我也不禁思索，我是什么时候开始发现母亲其实不是什么美人。

从我懂事开始，这个社会已经不太撑阳伞了。美丽的阳伞，逐渐变成只能在电影里看得到。

穿着凉爽罗纱和服的人，撑着白麻阳伞，静静走在无人的炎夏街头，这种电影我也看过很多部，而且这种人一定是寂寞不幸。一个不幸的美女，若撑着白色阳伞，这种不幸似乎就更完美了，还带着一种外遇的氛围。在那个干爽炎热的北京，母亲撑着浓艳的阳伞，穿着石膏味的白鞋，究竟去了哪里？

不过我想，那时肉肉肥肥年轻的母亲，因为那把热死人的阳伞，看起来一定不会不幸吧。

回到内地
想吃白米饭配鲑鱼

在北京时，家里有很大的木砧板和擀面棒。

母亲把木砧板铺在木板房间，做饺子皮和烙饼。父亲也会做乌冬面。我坐在旁边看。母亲将面粉放进海碗，用双手揉捏面粉，揉得两只手都白白的。然后从面粉袋随便抓一把面粉撒进去。我觉得母亲做的事，几乎和我在院子捏泥巴一样，做得堂堂正正。

看到这一幕我明白了，我之所以做泥巴丸子，其实是想捏真正的面粉。

母亲切了一小块面团给我，我乐到快感直冲脑门。我小心翼翼地揉着面粉，面团一下子变成灰色。然后母亲把揉好的烙饼放进铁锅煎，也把我小小的丸子放在锅里的角落。

哪天我才能恣意地从面粉袋里抓面粉乱撒，随心所欲地捏我的面团呢？

181

接着战争结束后，我们的食物变成大豆渣、红红臭臭的高粱和小米粥。母亲常说：

"回到内地后，想吃白米饭配鲑鱼。"母亲这么一说，我不禁回想我以前吃过这种东西吗？但也只有母亲这种大人，才能有这么强大的愿望吧。我以前吃过的东西没什么好想的，因为小孩的以前只有两三年，但母亲的以前超乎我的想象，真叫人羡慕。后来母亲又说："我想再吃一次'金锷①'。"金锷是什么？我连看都没看过。我把"金"和"锷"分开理解。"金"让我想起厕所蹲式马桶的前挡②，而"锷"和"口水"同音，我只能想到口水。感觉很脏很恶心，我无法在脑海里形塑"马桶前口水"的形状。

一大锅满满的高粱饭，一家七口一次就吃得精光。究竟有没有配菜，我现在也想不起来了。

年过三十以后，我突然想做小时候母亲做给我吃的烙饼。

母亲来看孙子时，我在桌上撒了面粉，揉起面团。一边揉一边加入麻油。然后用擀面棒擀成大大圆圆的面皮，淋上麻油，用手指啪啪啪地延展开来，撒上盐巴。再把猪绞肉塞进面皮里，撒上葱花，从边边开始卷，卷啊卷地卷成一条细

① 形状如刀锷般扁平的点心，内包红豆馅。
② 蹲式马桶前挡的日文为"金隐"。

长的棒状，然后像蛇蜷身一样卷成圈圈，再从上面用手把它压平。母亲看了"咦！"大吃一惊："我自己都忘了，你是怎么学会的？"我得意扬扬地把烙饼翻过来。"以前看妈做的。""你用看的就学会了？"比起看到怀念的烙饼，我觉得母亲更开心自己的女儿这么聪明。我那年幼的儿子一直在旁边看。我切了一小块面团给他。儿子很专心地用他的小手指不停捏着面团，捏着捏着就变成灰色了。

我起了油锅，开始煎烙饼。

味道和以前母亲做的一模一样。母亲说她只在北京做过，后来就没做了，吃的时候还屡屡端详烙饼。

烙饼是我们住在外地，还不是那么穷的时候常吃的午餐。

极度贫穷的饮食生活，是在那之后的几年里。在母亲的生涯中，那几年大概也是异常贫穷的时期。但那几年异常贫穷的饮食生活，对我而言却是正常的，之后慢慢丰富起来的饮食生活才是异常，因为我已经习惯吃穷酸的东西了。后来吃到有点儿奢侈美味的东西时，我都会有种挥之不去的罪恶感，而且认为人活着好不容易有东西吃，是很正常的事。实在很难相信我已经在贫穷之后的繁荣时代活了很久。母亲会说她想吃"白米饭和咸鲑鱼"，可能这是她小时候很普通的饮食生活吧。我常做母亲以前用擀面棒和面粉制成的食物，吃烙饼和炸酱面都不会让我有罪恶感。人们潜意识会认为小时候吃的食物叫作"正常"，但很不幸的，我小时候吃的食物分成两大块。不知为何我又弄到了高粱，吃着那臭臭干干红色的饭，我觉得心情非常舒坦。

十六岁的儿子突然拿出擀面棒，做了烙饼。

我想再吓得打寒战

　　"昨天我买完东西回家的路上，走到坡道上的桥，看到神来了。只见他穿着长礼服的背影，朝我家的方向走去。我拎着装有白萝卜和高丽菜的袋子很重，可是我还是拼命地跑。不过神的身影越来越小，渐渐地萎缩起来。来到家门前时，他已经变成这么小，变成一只蝉了。翅膀很透明。然后他被地面吸进去了。"阿姨坐在餐桌对面，看着远方。不，她没有在看。灰色和紫色交混的眼眸，看起来像西方人。她把丰盈的银发束起来，插着整排如青豆般缀饰的梳子。

　　"我十九岁时，母亲死了。我坐下来以后，看到死掉的母亲对面有个女人。刚开始好像隔着一层纱模模糊糊的，后来越来越清楚，我立刻明白了。啊，接下来这个人是我的母亲。是神来告诉我的。第二次母亲来的时候，我一点儿都不吃惊，因为鼻子旁边有颗黑痣。"我专心听着阿姨说话，心跳加速，背脊发寒。

我听莫扎特会打寒战。我想要再打寒战。在孟克的展览会场，我猛搓双臂。手臂的汗毛一根根竖起来，浑身发冷。若不能让我发冷打战，我就认为没有才华。我无法区别疯狂与才华。

只要拼命地挖掘前进，再怎么平凡健全的人也会撞见自己的疯狂吗？我隐隐约约发现，事情似乎并非如此。

摩擦膝盖

　　阿高，三治，菊一，平造，启二，阿作，阿信，利一，雅秋，佳代。这是父亲的兄弟姐妹的名字。其中有一个我不知道名字，也有知道名字但没见过的人。我的堂兄弟姐妹有三十二，还是三十三个？我也搞不清楚。我的祖父母在山梨富士川边的梯田村，耕作贫瘠狭小的田，生了十一个小孩。我不知道这一家人对彼此抱持怎样的感情。祖母过世一周后，身为六男的父亲收到一张"明信片"。母亲对他们以"明信片"告知相当不满，说他们是冷酷之辈；父亲只是默默不语。葬礼也早就办过了。父亲弯起一只手，把头枕在手上，膝盖屈成〈字形，侧躺在榻榻米上。过了一会儿我去看父亲，他泪眼婆娑，泪水积在鼻子的人中。

　　几年后，父亲也死了。

　　父亲死后，我们和父亲故乡的人越来越疏远。伯母阿信过世时，我都不知道。伯母死后过了一阵子，我在堂妹的邀请下去了伯父家。伯父独自住在有大松树、气派茅草屋顶的大房子里。

从伯父家的宽广檐廊可以看到伯母娘家的屋顶。

"伯母从很近的地方嫁过来哦。"我说。堂妹小亚笑着回答："这也不见得哦，阿高伯母更近呢，只嫁到隔壁而已。"

我九岁撤退回来，住在父亲的老家时，经常在这棵松树下和小亚玩。村里有个垂着白胡子最有"学问"的老爷爷，小亚经常叫老爷爷帮她写作业，然后小亚就帮老爷爷的胡子绑辫子，还在胡子的尾端系上小小的红色蝴蝶结。白胡子有"学问"的老爷爷，在白墙的仓库二楼堆了很多线装书，整天在那里写毛笔字。

"小亚的爷爷好慈祥哦。"我想起三十年前的事。"才没有呢，他只对我一个人好。其实他脾气很暴躁，常常欺负我妈呢。脾气一来会用整碗味噌汤扔我妈，嘴巴很坏，既啰唆又挑剔。我奶奶后来眼睛瞎了，照顾起来也很辛苦哦。可是我妈什么话都没说。"小亚有八个兄弟姐妹，我小时候根本分不清谁是谁。伯母傍晚从田里回来，看到我会笑眯眯地说："洋子来了啊。"伯母有时和小亚的大哥一起回来，有时独自一人，穿着脏兮兮的草鞋，无声无息地从院子进来。每当伯母对我笑，我就开心到觉得身体的骨头好像稍微变软了。我无法分辨伯母温柔的样子和筋疲力尽的样子。然后伯母就直接去厨房煮晚饭了。大概是这样。

"我妈痴呆以后，我爸整个人变了。真的难以置信。他以前可是很任性的，不愿下田干活，一直在公所上班。有时候不想去公所上班，就窝进壁橱里，一两个月都不出来，还会突然去田里，把在田里干活的妈妈'埋'到田里去。但妈妈痴呆后，我爸简直变得像佛陀。我妈每天把棉被拉到这里来，还会大声唱歌。我以前从没听她唱过歌。她一直唱一直唱，唱着小时候的歌。她叫我跟她一起唱，我虽然也陪她唱，不过真的很累。可是我爸对她的要求总是'好啊好啊'，非常有耐性。他还会像这样挥手哦，因为我妈叫他挥。要是他停下来不挥了，我妈还会动手揍他呢。我妈痴呆以前，是个静静不说话的人，要是我不听她的话，她也只会说'真是伤脑筋'，然后像这样摩擦自己的膝盖。不论发生什么事，她一句话都不说，从没哭过，也没有生气过哟。只会这样摩擦膝盖。结果痴呆了，完全变成了小孩。她还会叫我爸把她从檐廊踢下去，怎么劝都劝不听。我爸只好把她踢下去，而且有好几次哦。然后叫我爸背她去上面的天满宫，终于快到天满宫的时候，她又叫我爸立刻回去，回去之后又叫他爬上去。严重的时候一天有五次，我爸就这样背着我妈去天满宫。我觉得我爸真的变成佛了。我妈只有小时候开心过，嫁来这里以后整天像牛一样在干活。有脾气暴躁的公公，还要照顾婆婆，有九个不听话的孩子，还有任性的老公。尽管如此她也只是默默地摩擦膝盖，哪儿都没去。每天工作到半夜哦。连续五十年哦。她一定有很多话想说吧，却只是默默地摩擦膝盖。坦白说，她痴呆了，我觉得真的太好了。"（一九八六年）

暂时不想去参加葬礼了

父亲故乡的"油店"伯父死了。伯父不是卖油的，"油店"只是祖先代代传下来的商号。

同龄的堂妹打电话来："油店的伯父死了。"

"咦？他几岁了？"

"哦，好像八十八岁了。这个年纪死刚刚好啊。后天举行葬礼，你要不要来？"

堂妹神采奕奕，说得好像在邀我去健行。父亲过世二十五年了，随着父亲过世，我们也和父亲的故乡渐行渐远。听到堂妹的声音，我突然很想去参加葬礼。伯父生前活得耀武扬威，能自然地活到八十八岁，也算是寿终正寝了。

堂妹是伯母的小孩，伯母的娘家很近，从夫家可以看到娘家的屋顶和柿子树。伯母嫁过来后，生了九个小孩。

我常和同龄的堂妹玩在一起，但怎么都记不住她一堆兄弟姐妹的名字。原本以为叫阿吉的，结果是吉彦，搞不清吉实是不是长男，阿仁是不是当学校老师那个，真的搞不清谁是谁。

"油店"伯父家的院子聚集了一堆人。

从院子看得到富士川和河滩，山峦就像在眼前层层堆栈，我已经忘记那座山的形状，小时候住过一阵子的伯父家院子原来这么小吗？一直想不起来的东西，竟然动也不动地待在那里，真是令人不寒而栗。

堂妹小亚的脸，长得和小时候一样。

尽管变旧了但也是同一个东西，尽管理所当然却也不可思议。

"洋子，你好像突然从小孩变成老太婆了。"

这样形容流逝岁月实在太传神了。我想不起这句话是谁说的，觉得很焦急也很怀念。父亲另一个姐姐的女儿，嫁到隔了一块田的邻居家。当她出现时，犹如从旧照片里走了出来，我一下子就认出来了，上前向她打招呼。

学生时代，我曾在东京的风月堂和他约会过，那个住在伯父家正下方那户人家的儿子，依然长得三角脸，现在是东京颇有威望的上班族，见了面觉得有点儿尴尬。

他也是我们的亲戚，但至今我依然不知道，他和我父亲是什么关系。

连住在东京的堂哥，打从父亲的葬礼后就没见过面。小时候我爬上伯父家的柿子树，把青色的柿子往下扔，当时在柿子树下的堂哥狠狠瞪我。如今那双凶狠的眼睛长了许多皱纹，凶狠的眼神也变得柔和许多，让我放心不少，我希望他不要想起我扔柿子的事。

父亲有十个兄弟姐妹，我有三十三个堂兄弟姐妹。开始诵经了。

我上完香后，看到并排在那里的脸，大吃一惊。

很明显，整排都是过世的"油店"伯父家系的脸。

有男人，有老人，也有小孩。有长脸有圆脸，有瘦的有胖的，有肤色黝黑的，也有白皙的。

职业也是各式各样。有长年住在都市，和我一样与父亲乡下老家无缘的人，也有从未踏出村子一步，一直住在村里的人。

但这些人并排在一起，真的几乎是从一个模子刻出来的，毫无疑问是同一族人。看着那些相似的脸排在一起，我不禁汗毛直竖。

即便各自和外人结了婚，混了别人的血，但眼神都有点儿凶，闭上嘴唇的模样都和"油店"一样。这些人中也有非常漂亮的美女。她有一双美丽的眼睛，可惜瞪起人来也一样凶，完全一模一样。葬礼真有趣。

不论去参加哪个葬礼，都会看到整排长得很像的脸，表情神妙地听着诵经吧。搭电车看到的陌生脸庞，他的背后也有无数相似的脸吧。

上完香，坐下来以后，堂妹小亚低声说："我暂时不想参加葬礼了。"说完窃窃地笑了。

你家根本
没有青鸟

九岁刚从中国撤回日本时，第一次看到了燕子。燕子在我们借住房子玄关的屋檐下筑巢。

在这个山梨深山的村子里，每户人家的玄关都有燕子巢。玄关的水泥地上常有白色的燕子大便。因为我们是借住在别人家，所以我不觉得那是我家的燕子。无论哪户人家都有柿子树、杏桃树，结着累累的果实。无论哪家的孩子都爬上自家的果树，摘柿子或无花果来吃。我也想有自家的柿子或杏桃。

但村里也有特别穷的家庭，院子里没有柿子树也没无花果。在一间铁皮屋的小房子前，这家的孩子拿出炭炉，用小锅子炒大豆。但大豆也只有一点点。我和那个小孩猛盯着锅里瞧。

一只燕子掠过我们头上，飞入铁皮屋的屋檐下。抬头一看，有个很大的燕子巢。我不禁心想，燕子在这种房子筑巢恰当吗？

过了一阵子，我们租了一间在田里新的小房子。从家里只看得到田。

麻雀在青绿的田里飞来飞去，然后飞到我家的屋檐下。抬头一看，麻雀在这里筑了一个小巢。麻雀为了筑巢，在田里繁忙地飞来飞去。

这是我家的麻雀。我家的。

不知何时麻雀忽然不见了。但来年，麻雀又回来了。这是我家的麻雀。

这是我家的麻雀。

念小学时，班上有个瘦巴巴的女孩。她在笔记本上画了童话故事。

我死缠烂打叫她给我看。

打开封面，里面是一幅王子和公主拥抱的画。我突然觉得很难为情，很想吐，实在太低级太下流了。至于是什么故事，我完全忘了，只记得王子和公主接吻了。这一页也画了很多青色的小鸟。

"这是幸福的青鸟哦。"女孩说。

"我家有很多青鸟哦，关在金色的鸟笼里，是幸福的青鸟哦。"真的假的？"你家也有钢琴吗？"因为钢琴是有钱人的象征。光有青鸟，没有钢琴也没用。"当然有啊。"女孩说得斩钉截铁。

后来我和这个女孩，感情变得很好。她会来我那个有一堆兄弟姐妹进进出出的长屋家里玩。

有一次，她叫我去她家玩。那时我想起了青鸟。

想到要去有钢琴的有钱人家玩，我紧张得要命。她走在商店街上，然后进入一家正面很宽、有点儿暗的店。我闻到一股鱼味。玻璃柜里放了很多鱼板。

店里的老奶奶看到我，和蔼地对我笑了笑。女孩穿过店面，把书包放在后面的榻榻米房间后说："妈，有没有什么吃的？"店里的老奶奶说："有橘子。"

"她是你妈？"我这么一问，她回答："嗯。"拿了两个橘子来。"钢琴呢？"我问。女孩惊愕地看着我："怎么可能有这种东西嘛。"她拿了一个橘子给我，然后猛剥橘子皮。

隔天女孩走到我身边时，身上有一股鱼味。不是鱼的味道，是她们店里的味道。我以前没有察觉到她身上有这种味道。"××同学是个骗子哦！"我悄悄跟其他同学说。"真的啊？"同学只应了这句，随即从口袋里拿出沙包问："要不要玩？"当我们坐在教室的地板上玩沙包时，青鸟女孩走到我们旁边坐下："我也要玩。"我闻到一股鱼腥味。结果青鸟女孩赢了。我原本打算如果她输了就要说："你家根本没有青鸟嘛。"但结果我输了。输了还说这种话会被认为在说别人的坏话，所以我就闭嘴了。

有人说"胎动"就像用手抓住小鸟的感觉。这就像天气很好很温暖，谁都会想到的事情。虽然我觉得很恶心，但没说出口。因为我知道世人都认为小鸟很可爱，这是一种默契，如同花很美是一种常识。

但是，对我而言，鸟是很恶心的东西。

忘记小时候在哪里看过，一只黄色小鸟，待在一个只在画里看过的白色鸟笼里。那是我有生以来第一次看到小鸟，所以非常期待。但是当我看到小鸟的眼皮，从下面突然往上翻的时候，我吓了一大跳。眼皮是白色半透明的，岂止不可爱，简直让人心里发毛。眼皮当然要从上面往下垂。

我绝对不会主动靠近鸟。我也不看鸟的眼睛，但我弟弟很喜欢小鸟。

不晓得他从哪里拿到一对虎皮鹦鹉，在房间里养了起来。那时弟弟还在念小学，默默地照顾小鸟。

忽然，父亲在小小的院子里做了一个很大的鸟笼。

鸟笼耸立在小院子里，正面张着铁丝网，像置物柜一样大。弟弟的虎皮鹦鹉开始变多了。鸟笼的四周开着父亲种的大理花和大波斯菊。

鸟笼里面，绿色和黄色的虎皮鹦鹉跳来跳去，不知道有多少只。因为我只站在远处看。对我来说，鸟笼太大了。

鸟笼的高度也比弟弟高很多。无论晴天、雨天，弟弟都细心地照顾小鸟。

原本认为太大的鸟笼，不知不觉变得不是那么大了。虎皮鹦鹉越来越多。铁丝网里，青色、绿色、黄色，翩翩飞舞。无论鸟生了蛋，还是孵出了小鸟，弟弟都没有兴奋得又叫又跳。

他只是默默地进入鸟笼里，默默地出来。

强烈台风过境的翌日清晨，我们全家站在檐廊，凝视着院子。天空湛蓝，万里无云，亮晶晶的仿如擦拭过。院子里的花全部倒塌，中央的大鸟笼被吹倒了。没有底部的鸟笼是直接架在土地上，所以大到不像话的四方形开口变成空空暗暗的。

一只鸟也没有。父亲、母亲、我和妹妹们整个看傻了。弟弟脚步蹒跚走下院子，双手趴地进入鸟笼里。

我们原本以为半只也没了，但这回心想，搞不好会剩个一两只。弟弟也进进出出好几次。

父亲骂弟弟："别看了，看几次都一样。"弟弟一脸泫然欲泣，但没有哭出来。后来吃饭的时候，弟弟一直低着头。

因为天气太好了，大家也慢慢恢复精神了。鸟笼依然倒在那里，正对着房子。

我不知道弟弟什么时候溜出去过。

我看到他的时候，他在双层床下层的一角，缩成一团。手握着拳头，在脸上抹来抹去。整张脸脏兮兮的。

漆黑的台风夜，色彩绚丽的虎皮鹦鹉从花圃上飞走了。弟弟抓过很多次鸟吧。

弟弟知道犹如胎动般的小鸟蠕动吧。

虽然我从不认为小鸟可爱，但我自己的胎儿第一次动的时候，我觉得完全不同嘛，那像是一个很大的大便在那里扭来扭去，恶心死了。

我弟弟是男生，我也不能问他胎动和抓着小鸟的时候是否一样。

猫咪愿意这样吗？

二次大战结束那年，我在大连。家里有猫，但我很怕猫，不敢走到猫的身边。

食物没了，我们吃小米粥或高粱粥，但有东西分给猫吃吗？虽然老鼠多到不像话，但猫只吃老鼠吗？父亲把打死的老鼠塞进泥馒头，扔进壁炉里，但"肉"也没有多到可以尝试做出和中华料理一样的老鼠料理。

我想不起那时有没有猫用的小碗，但也没有猫死了抓去扔的印象。搞不好我们把猫留在空无一人的大连家里，撤退回日本了。

住在只有两间房的长屋时，那时家里也有猫。因为老鼠太多了，我们会把剩饭淋上味噌汤给猫吃。

我觉得家里的人没有把那只猫当宠物。那个狭小的房子住了父母和四个小孩，根本没有空间和时间可以独处，猫就随心所欲在家里和外面溜达。

之后过了十几年，我的小孩六岁时说想要小猫，家里就养了一只猫，但不是为了抓老鼠。集体住宅根本没有老鼠。因为猫不能出门，我买了猫砂，猫就在那里大小便。我去超市买猫砂和猫罐头，帮它做结扎手术，生病了就带它去动物医院。猫是完全没有用的宠物。

可是猫愿意这样吗？

看到瓦楞纸猫抓板上的抓痕，想起以前在院子抓树干的猫。讨厌猫的我，因为儿子想要而养了猫，这或许是希望猫能成为我那独生子的交心对象。而事实上当我骂了儿子，儿子确实会趴在猫背上擦眼泪，也会把猫拉来床上一起睡。

当我们回到空无一人的家，那只小生物猫咪"喵"了一声后，让我觉得这只小猫和空无一人的家在共同呼吸。如果我一个人住，大概也会养猫吧。

我有个朋友的同事迟到时，竟堂堂正正地说："因为猫在咳嗽呀。"还把所有的有薪假都用在猫身上。"买一尾三百元的竹荚鱼给猫吃，自己的午餐吃面包哦！真是个怪人，一个朋友也没有。"我的朋友说。我倒觉得这个人和猫之间进退两难的关系，在现今的大都会不是什么奇怪的事。

我看过一本书，作者是个边念大学，边在纽约一个猫咪诊疗所参与猫咪诊疗的年轻女孩（Samantha Mooney 著，青木纯子译，《敲开心扉的猫咪们》）。这个诊疗所和人类的医院一样，有外科、呼吸科、肿瘤科等。她在肿瘤科，主要治疗罹患病毒性白血病的猫。生活在水泥砖头的公寓里，猫罹患的疾病也逐渐和人类一样复杂，因此对应的医学也逐渐和人类相同。医生和饲主都没有"区区一只猫"这种想法。我以前认识的猫突然就死了，但现在的医生会帮猫照X光片、打针、动手术，拯救猫咪的性命。而这个年轻女孩把医院里的好几只猫当作自己的猫养，忍受着猫咪的死亡。

带猫来医院的人，比起会说话的人类，他们更把孤独的灵魂投注在猫身上吧。比起猫仿佛变成了人，我觉得人类更像是被带来这家医院的猫。我们已经不太会突然就死了。就如这个女孩为了猫的安乐死而苦恼，对人类而言安乐死也是个困难的问题。她休假时带猫去海边，当猫终于命尽时，她认为这只猫自由了，可以去海边玩，拥有快乐的夏天了。就像我们对往生者的想法一样。

在水泥砖头的公寓里，曾经是野生的猫，如今也发展出和人类几乎一样的感情，把它的孤独和人类分享。

年幼的儿子抱着猫哭泣时，我为儿子拥有猫的温暖手感而开心，觉得猫救了我的儿子。有朝一日，日本也会和纽约一样，出现和人类医院一样的猫医院与猫医师吧。

我想起以前罗马竞技场的瓦砾山上，有十几只猫，在夕阳的染照下，凝视太阳西沉的景象。

那真是庄严雄伟的风景。

很多猫，一生都没去过医院。然而就算一只死在路边的猫，或是在纽约猫诊疗所得到充分医疗才死掉的猫，都一样度过了它们无可取代的一生，这一点是不变的。（一九八五年）

小鸟在天空飞也不觉得可怜

在动物中，对人类而言，有像猫那样刚刚好的动物吗？大小真的刚刚好。不会太大不会太小，举起来不会太重，也不会太轻。摸起来的舒服感也刚刚好。不会太硬，不会太软，不会太冷也不会太热。触到那柔顺的毛，心情就会变得很平静。将手指在柔软的毛里潜来潜去，更是几近性爱般的快感，而且也不会大声吼叫，顶多只是轻轻地"喵"一声，无声无息地走过来。

我觉得人类养宠物，是一种令人费解的自私。看到为小狗绑蝴蝶结、穿鞋子的人，我很不舒服，也不喜欢拿鲷鱼生鱼片喂猫的人，可是看到猫对人而言的刚刚好，我也只能投降了。

无论走到哪儿都有野猫，看到野猫会心生怜悯，想起新宿地下道的游民。

小鸟在天空飞，我也不觉得可怜呀。猫和人类，算是长久以来感情比较好的动物。即使养了几万只猫，好像也没有人去卖猫肉，也没有人打歪主意把猫皮拿去做大衣。虽然偶尔会把猫皮拿去做三味线的琴身，但三味线也不是一家一把的东西。

不管猫比狗笨或自私，但猫都不像狗那样，猫对于被爱、为人类做有用的事都不抱热情。至少我家的猫，在我要出门时，不会像狗那样。我家的狗，就算我只是出去买包烟，都会露出极度哀伤的眼神，宛如今生要永别似的。买了烟回来，这回又像南极生还般，露出极其开心的模样迎接我。狗不仅很吵，那个眼神和举止都是负担，宛如没人缘的女人，终于有了男人。猫不用带它出门散步，它自己也会跑出去，而且没有动物的臭味。虽然猫尿很臭，但只要去外面尿就好，它随时都会把身体舔得很干净。

猫真的太棒了。

虽然我养猫，但爱猫人士看到我养猫的方式一定很不以为然。我只给猫吃猫饲料和水，还有熬完高汤的鱼干、剩下的鱼头和鱼骨。偶尔拿鱼板给它吃，它兴奋得扭来扭去。我不会对猫说温柔的话，睡觉房门一定上锁不让它进来。猫睡在暖炉桌里，或是暖炉前面的坐垫上。一切都要看我的心情，要是我心血来潮加上寒冷的夜晚，儿子硬要把猫拉进棉被里，我也不会排斥。

所以，很多人不觉得我家有猫。因为猫和空气或家具是一样的。但是，我家有猫已经十一年了。我不会以猫为中心来计算我的生活，但仔细一数，十一年也不算短。

　　我搬了三次家，小孩也从六岁长到十七岁，已经是个没有六岁稚颜的大男生了。婚也离了，家人的结构也变了。回想这十一年，我可以说是每天和猫一起活过来的。和儿子大吵一架的那晚，猫也在。很多工作上的人来家里谈钱的时候，猫也在。猫没有一天离开过这个家。只要我回到家，它就会从某个地方静静地"喵"出来。偶尔也会在我打开家门以前，静静地坐在玄关口，用三只手指抵着地面，摆出太太要送老公出门的模样。而我只会想，啊，猫咪在啊，并不会紧紧抱住它。

　　但是，我很感激家里有一只猫。一间房子没人在的时候是死的。回到没人的家，打开电灯，啪嗒啪嗒在房里走动后，家才又活了过来。但只要有一只猫在里面活着，只要有一只动物在，家就会一直活着。这件事我是在玄关看到猫才明白的。

　　外出在电车里想到这件事，我心中充满感激。已经十一年了啊，说不定快寿终正寝了。想到猫如果死了，我回到家，那个没有"喵"声的家不就一片死寂吗？我霎时慌了起来。啊，要好好疼爱它才行。可是，好好疼爱它究竟该怎么做？事到如今也不能突然黏着它，我知道我的猫不会让我黏。我也没有能力一直喂它吃鲷鱼生鱼片。但生病时我是会带它去医院。该怎么做才好？我只是看着猫变老了、掉毛了、尾巴变细了。然后只会在电车或车子里想："啊！猫咪死了怎么办？"我对它完全不了解。它又不会说话，我不在家的时候，也不知道它在外面做什么。

有一次，在离我家有点儿距离的树林里，我看到我家的猫爬上一块四角形的石头，很威严地坐在上面。那是块平坦的四角形石头，在樱花树下，猫的上方开满了樱花。因为它一副处之泰然、坐得很威严，看起来像是那棵樱花树的拥有者。我深感佩服，也有些许卑屈。

除此之外，它还在我不知道的地方，做了什么事呢？

我仗着猫什么都不会说，在它面前做了很多丢脸的事。

譬如有一次电话响，我正在上厕所，直接撩着裙子就去接电话，猫在那里静静看着我。因为我家不大，我的私生活完全袒露在猫的面前。

有时它会双手交叠，坐在我那不想让任何人看到的工作桌上，睁大眼睛看着我。像我这种忙于工作，几乎只有眼睛余光看得到猫的人，竟也有猫陪我度过十一年的漫长岁月，想想真的很感伤。那些和一只猫静静过日子的人，他们和猫的感情一定很好吧。因为猫不会说话，所以人单方面对猫表达感情时，必须增强自己的想象力，使得再怎么微妙细腻的感情都能交流，进而建立人猫的互信关系。

　　而且猫拥有美丽的身形与动作。我没看过有人走路可以像猫那么优雅，也没看过哪个女人拥有猫那么美丽的瞳眸。

　　没有女人能安静得像一只猫。

　　然而看在猫的眼里，人类可能是走起路来吵死人，而且大到不像话的大型动物吧。

CHAPTER

⑤

很好很好，
就这样就这样

—— 森瑶子①

《不被邀请的女人们》② 书评

那年我二十三岁，森瑶子比我更年轻，我们在混杂拥挤的地铁里聊天。那是下班后，人声鼎沸的傍晚。

森瑶子以极其普通的态度和语气，时不时在话语里放进"子宫"和"做爱"这种字眼，说着极其私人的事。

旁边挤了一圈又一圈的男人。

森瑶子直挺挺地站在中间。不消说，那一定是一种天真烂漫的人格。因为这件事，我对森瑶子印象深刻。

她是艺大的小提琴科出身，后来当上广告公司的文案企划时，我对她洒脱的转换跑道大为吃惊。

在新宿的风月堂，她拿当上文案企划契机的三得利广告

① 森瑶子（一九四〇——一九九三），活跃于二十世纪八十年代的日本小说家，本名伊藤雅代，曾以《情事》获得昂文学奖，并入围芥川奖与直木奖。《情事》描写一位三十三岁、忧虑自己青春不再的女人，与一位外国记者的爱情故事。

② 短篇小说集，收录了十二篇描写男人和女人的分手场景的作品。

分镜图给我看。

她以这部作品获得电视广告的分镜新人奖，就这样直接从艺大去广告公司上班。她画过一幅《光头男大啖花瓣》的画。

我对那悠然自得的画惊为天人。从事绘画的我，记不得她写的文案。

她舍弃了从小苦练的音乐。我觉得她鲜烈的转换跑道有种对自己的冷彻。在当时还年轻想抓住自己贫弱才华的我们之中，她显得非常潇洒且耀眼。但那是真的潇洒吗？

有一次，我们在酒馆的吧台喝酒。那时她和男友刚分手。她的男友是我的同事，我是通过这位同事才认识她的。

当这位和她分手的同事跟我说："她说想和你谈一谈。"我有点儿胆怯，因为我不敢对别人的爱情指指点点。

就算那是她的初恋，我也觉得她简直是个恋爱专家。

我是个立刻就把男人当朋友的人，但她认为男人不可能当普通朋友。

我想这是因为，对她表达关心的男人，都是被"我们不是要当朋友哦"所吸引过来的。或许男人对她抱有遐想，但她可能想都没想过要随便和男人上床吧。

我转啊转地把玩酒杯，不知道该如何应对。我忘了我们谈了些什么。

只记得我心神不宁。

她像一朵很大的花，而且是开朗的，不会哭哭啼啼说个没完没了或是问一大堆。我觉得和恋人分手的痛楚，反而为她增添了一种华丽。

"好痛苦哦。"她说。

我看不出她脸上有丝毫痛苦，却好像听到她内心的悲鸣。这个人真的很不简单。

看起来华丽、率直、鲜明，内心却拥抱着看不见的东西，将自己撕成碎片，而且还非常珍惜这种心情。

我觉得这是一种疯狂。

后来，我被自己的生活追着跑，忙得不可开交。有一天森瑶子带着一个混血小女孩，出现在我的职场。

我不知道她结婚了，更不知道她和谁结婚了。

"我写了一个童话。"

她拿了一本月光庄①四方形的素描本给我看。

里面有铅笔和彩色铅笔画的图，旁边写了密密麻麻的字。

我很高兴她记得我们以前约定过"哪天我们要一起工作哟"。

我想那是个斑马让星星落泪的故事，再加上有个手很长

---

① 日本知名的画材专卖店。

的女孩，组成一个极其寂寞美丽的童话。

我不知道该把她这本寂寞美丽的童话，拿去哪里出版。结果我一册绘本也没出版，两人的约定就这样消失了。

我在某个地方树下的长椅上，一边想着树叶婆娑摇晃的样子真美，一边和她聊天。那时她依然像一朵大花，只是看起来有些疲惫。

《情事》这部小说，是我那个几乎不读小说的前夫买来的。

他去东北出差时，一个小城市的酒馆老板对这部小说赞不绝口，挑起了他的兴趣。读完后，他唯一的感想是："装模作样，恶心死了。"

《情事》给我带来了一点儿好心情与疑问。小说里那对夫妻的情况，不禁让我联想到自己现实生活里的问题。因为我对婚姻里有一两次外遇又不会死的想法，感到强烈的绝望。所以读小说时，现实状况成了一种障碍，真的很麻烦。和别墅与老外酒吧无缘的我，只会在厨房爬来爬去，反复思索这些纠结的问题。

所以，当小说里的女人被自己的谎言所伤，乖僻扭曲且激烈地说出粗暴的话时，我真的痛快极了。

对于感想只有一句"装模作样，恶心死了"的老公，我和他已无话可说。读完之后，我看了封面勒口的照片。

森瑶子很符合这部小说的作者，笑得很灿烂。但那时我不知道这就是她。

我揣想着，把这部小说当话题的东北小城市酒馆老板是个怎么样的人？但我没问我离婚的老公。

我已经失去质问的习惯。我认为这是一部寂寞美丽的小说。

在原宿的咖啡店，我以前的上司跟我说，《情事》的森瑶子本名是伊藤雅代，以前还有个绰号叫"酋长"，我大吃一惊："咦？"但想想也理所当然，除了伊藤雅代，没有人会写《情事》这种小说，我莫名地感到高兴。

"大家都变得很了不起啊。"以前的上司说。"对啊。"我回答。

当年在混杂拥挤的地铁站得直挺挺，大胆且爽朗地说着"子宫"和"做爱"的伊藤雅代，我觉得那时她就已经是"森瑶子"了。

当收录在《不被邀请的女人们》的《不被邀请的女人》即将在《SAISON de non-no》杂志刊出时，她来请我帮忙画插画。

我在六本木的书店和她碰头时，有点儿紧张。

几年不见的她已是堂堂的"森瑶子"了。站得直挺挺的模样和以前一样。

"能和你一起工作，我真的很高兴。"她一边扳开天妇罗荞麦面的免洗筷，一边说。我没能说出那个寂寞美丽童话的事。

我无法想象小说家以外的森瑶子。

第一次入围直木奖，结果没获奖时，她说："我受到很大的打击。"我回答："别在意，那种东西很无聊。"

"可是你要知道，那可是我的第二件貂皮大衣哦。"我知道她不是在开玩笑。我很感动。

我也知道觉得貂皮大衣很可耻的我，立刻变成了俗物。

那时她拢起第一件貂皮大衣的领子，显得神采奕奕、璀璨耀眼。

后来有一次和森瑶子约在饭店大厅碰头，我坐在沙发上瞪着旋转门，心浮气躁地嘀咕："迟到这么久！"

当她戴着白色貂皮大帽、穿着灰色垫肩的 Norma Kamali 大衣、踩着靴子进来时，浑身笼罩在银色光芒里。

大厅人们的目光都投向她。连原本背对她的人，也被气场吸引而转头看她。我甚至觉得在她出现以前，人们的目光就被旋转门吸引了。

这就是森瑶子的气场。

（很好很好，就这样就这样）我已然忘记她迟到的事。

"第二件貂皮大衣怎么了？"

"哎呀，已经第三件了哟！"她以一本正经的眼神回答。

没有人比她更适合貂皮大衣、钻石、劳力士表、香水等。

她很珍惜把自己埋在璀璨闪耀的东西里，持续发出悲鸣的灵魂。貂皮大衣和发出悲鸣的灵魂，借着写小说，取得了完美的平衡。

"很好很好，就这样就这样。"

在山里的独栋房子里，我穿着农家的裤子为她声援。

哎呀，我不懂哦
——《小猪捉迷藏》② 书评

小泽正①

我做过刺子绣③抹布。

买了书来看，做了花色最简单的抹布，得意扬扬地拿去给小泽先生看。"哈哈哈，哈哈哈，原来如此。"小泽先生看了我的抹布，然后慢条斯理地看起刺子绣的书。我浮现些许不祥的预感。

两星期后，小泽先生和太太一起来我家："我有个东西要给你看。"我有非常不祥的预感。

看了他想让我看的东西，我不禁低吟："嗯……"

小泽先生挑了刺子绣书里最复杂的花色，做了一条我望尘莫及的抹布。

---

① 小泽正（一九三七—二〇〇八），日本知名儿童文学家，著作丰富，曾获 NHK 儿童文学奖。

② 描写五只小猪去森林帮妈妈捡柴的有趣故事。

③ 源于日本北方乡村的一种刺绣法，意思是微刺或小扎针，用来补强工作服或家务用品。例如在抹布绣上刺子绣，能让抹布更耐用，并别具美感。

这已经是超越"抹布"的东西了。

雅致的绿线与鲜明的橘线，密密麻麻绣得井然有序，已然超越刺子绣，是精巧的刺绣了。因此抹布也超越了抹布，变成美术工艺品。我是个没兴趣把画裱框摆饰起来的人，但看到这块抹布，我真想把它裱框挂在墙上。

那时的我，还来不及对自己的丑抹布感到羞愧，就先被小泽先生的野心震撼了。

我认为小泽先生是个了不起的人，因为他是会在故事到一个段落时说"哎呀，我不懂哦"的人，也是会把故事逼到"我不懂哦"的人。这时的小泽先生，看起来真的很开心。宛如在"我不懂"的事情面前，用舌头舔着嘴唇。

《小猪捉迷藏》真的很好笑。我读的时候不禁爆笑连连。

"我说你啊，既然都长得这么像了，就算每个都取名字也是白取的吧。"这个猪妈妈很好笑。

"唉，发牢骚也没有用，在小猪死心撤退之前，找个地方躲起来吧。"这只大野狼也好笑。

厨房道具齐全的老虎也很好笑。

当乌鸦阿姨问："到底出了什么事？怎么一脸苍白？"有气无力地挥挥手的狐狸也很好笑。

最好笑的还是那五只小猪长得一模一样。故事就在连番爆笑中结束。

我读小泽先生的童话时都很开心。但读完之后，有时觉得很恐怖。我们生活的这个世界，倏地站了起来。

心不在焉活过的这个世界，清晰地站了起来。

这个世界混沌的街道，乱七八糟的人们，开心地站了起来。

仔细想想，我上过学校，还上了十六年。为了训练解答为什么而去上学，还被考试检查究竟懂了多少。懂了的时候确实很高兴。"啊，原来如此"恍然大悟时，明白了打开眼界的好处也是一种快乐。

我们会露出"啊，我懂了"这种开心的表情。会开心大叫"啊，我懂了！"证明我们活在一堆不懂的事情里。因为懂了的事情等同于"事件"。

然而这个"懂了"的事情，终究也会被卷入不懂的事情里，于是不懂的事情越来越多。

小泽先生的童话，明快、干脆、有速度。他以这种明快的节奏，向我们递出这个混沌的世界。走进这个世界后，我们会明白，活在不懂的事情里是多么快乐的事。想对活在这个不懂的世界这件事，伸出舌头舔舔嘴唇。

不懂的事会让人开心起来，表示怀抱着很大的野心。

小泽先生给了我们这种野心。

譬如读安徒生的《美人鱼》，我们会感到受伤。当人鱼公主抛弃父亲和姐姐们的时候，抛弃美丽的海洋生活的时候，更失去了声音、舍弃自己肉体的时候，心爱的王子选择别的女人的时候，还有连生命都化为大海泡沫消失的时候——我们受到了莫大的伤害，带着激烈的感动，被赋予了"爱"。

故事结束时，我们明白了安徒生的野心。想在这个美丽与哀愁的童话里，诉说"爱"的安徒生的野心。

故事结束时，我明白了小泽先生的野心。

"我究竟是谁？"

"我到底是什么？"

在这个难以招架的难题前，我混乱了。我尊敬把这个难以招架的难题，递到小孩面前的小泽先生。

因为他没有轻视小孩。小孩也懂哲学的。

我儿子五岁的时候问："我第一次见到我自己，是在什么时候？"无论小孩、大人，只要是人，都活在无法测量的深度里。

听到他开始编织时，我又有不祥的预感。

我只会双面平针和目利安织法。然后我光荣地得到小泽先生编织的毛衣。那是一件以钻石形状编织的毛衣。

"他现在居然在挑战粗针缆绳编织的渔夫毛衣哦！"小泽太太穿着小泽先生的处女作毛衣说。

编织的人到底在想什么，真是令人毛骨悚然。

想到他静静地转动棒针，可能又燃起了什么野心，我就觉得很恐怖。

我那个儿子只看漫画，几乎不跟我讲话。有时为了讨他欢心，我拿漫画给他："这本漫画很好看哦！"

但儿子对我的阿谀谄媚嗤之以鼻，全身展现轻蔑地说："我可是看漫画的专家哦！你根本不懂，少在这里装年轻，去读你的文字书啦！"每次我的下场都很凄惨。

读《性恶猫》③时，我受到严重的打击。

读完之后，我久久无法言语。

一回神发现，儿子在读《性恶猫》。

"这本不错嘛。"读完之后，儿子说。

他居然开口跟我说话，虽然只是一句读后感"这本不错嘛"，但已经够让我小鹿乱撞了。哪里不错呢？能不能多谈

① 山田紫（一九四八—二〇〇九），本名白取三津子，漫画家、散文家、诗人。

② 散文集，收录山田紫离婚后独自抚养两个女儿的生活点滴。

③ 山田紫的漫画代表作之一，借由猫来描写独立女性的锐利眼神与诗情。

一点儿呢？我没出息地眼巴巴望着他。

"妈，你很呕吧。"

儿子丢下这句话就走了。

过了几年，不知不觉中，我把山田紫的作品全部读完了。每一次读，都让我不能言语。

这回我全部重读了一次。

我读了《山川老师的 24 小时》[①]。

然后又全部重读。

边读边觉得"真讨厌"。

不管读哪一本都觉得很讨厌。

因为感同身受，使我不寒而栗。若以读《山川老师的 24 小时》之前和之后来说，读了之后更让我讨厌到无以复加。啊，是因为离婚了吗？

"我认为我是个无欲和平的女人。对婚姻生活没有过大的期待，只希望能过安稳的日子，和微小的……夫妻和平相处——这种微小的愿望而已。明明不是什么激情的梦想，居然从梦里醒来了，我们该怎么办……"（《目光冷冽》[②]）读完这本，我看见终将崩坏的东西，早已崩坏了。

---

① 为山田紫漫画短篇集《幸福地闭上眼睛・金鱼大人》的其中一篇。描述身为漫画家的山川老师一天的作息。她离婚后独立抚养两个女儿，经常忙到半夜才收工，又得做好早餐与便当、招呼孩子上学、洗衣打扫买菜、做晚餐，接着半夜工作，每天重复忙碌充实的日子。

② 山田紫的不朽名作，借由女主角山川千春，细腻描写女人婚后生活在平凡日常中的各种样貌。

但是，几乎每个家庭对已经崩坏的东西，都悄悄地闭上眼睛，继续维持下去。

更何况从梦里醒来的不是我们——不是妻子与丈夫，只有妻子。所以不是我们。

情何以堪的我，被"我们该怎么办"搞得激动不已，但即便如此，我还是希望"我们"——的"们"能够救我。

我觉得我经历的事被偷窥了，直接被触摸了。宛如生的鳕鱼子被扒掉了薄皮。真的很讨厌。

母亲的一本正经和女人拼命投入生活，都让我很讨厌。

"我们该怎么办"的千春察觉到："我是自由的。"

这个自由是什么？

不是那时候的那个自由吗？

"是那个人的老婆——除此之外还知道什么吗？"我已经不问这种事。"所以，我在厨房反复地反复地洗茶杯，边洗边哭。"我也不再做这种事。"把电视当作干杯的对象，大口喝酒，大声唱歌，把那些恼人的事都忘光光。"我也不再用这种事哄自己。"雏鸟终究要离巢，父母却走不了。"我也不再纠结这种事。那时候的自由，不就是没了这一切的自由吗？

至少对我而言是的。

我站在满是石头的荒野上，任凭强风吹打。

一直延伸到"死"的辽阔美好景致，在我眼前扩展开来。尽管在满是石头的原野遭强风吹打，但我全身却充满喜悦。我觉得这是我一生中，最喜乐的时刻。

然后我成了"性恶猫"，"我才不管这个世界怎样，只要有太阳公公就好。"在向阳处蹲坐好几个小时。

而有时又开心地笑了出来。现在，我又在读《山川老师的 24 小时》，又觉得很讨厌。

正经八百且拼命的女人，又正经八百拼命地在过活了。

被工作和养儿育女搞得疲惫不堪，却顽强地说"不过每天都很快乐"，"这么活力充沛，我都觉得不好意思呢"。

这种顽强，使我郁闷沮丧。

我几乎已无法区分山田紫的作品和自己。

说无法区分，有才华又年轻的山田紫可能会很困扰吧。因为作品是任性的生物，会自己到处出没，而读者也是任性的生物，实在无可奈何。

是读者擅自和作品产生了共鸣。

我讨厌自己被偷窥，但也讨厌死心眼地经营安定幸福家庭的女人。因为我拥有危害幸福根基的力量。

会动摇原本打算视若无睹的事情。

即使如此也不动如山的坚固家庭真的很幸福。

或许要有如此坚固的神经才能构筑真正的幸福。

把甜蜜梦想赌在婚姻上的年轻女人，也会被梦想浇冷水吧。然后，拥有这种妻子的丈夫，可能也会无地自容吧。

当问题丢到自己面前时，该如何才好？

只能事不关己，假装不知道。要是被猜中了，也只能默不作声。不然还能怎样？

当我对儿子说明："因为爸爸和妈妈的想法变得不一样了。"我那十三岁的儿子回呛一句："这不是想法的差别，是男女的差别吧？"

我沉默了。

如今依然沉默不语。

我想今后也不会有答案吧。

然后我也想到，我儿子也是个男人。

儿子陆陆续续读了山田紫，变得沉默寡言。看到儿子沉默寡言，我也沉默寡言了。

"你很呕吧。"几年前儿子读《性恶猫》时，如此对我说。如今我依然很呕。

宛如扒掉了生的鳕鱼子薄皮，触及黑暗深渊而创作出的作品，把一些讨厌的命题端到读者面前，这样的山田紫，我也觉得很呕。（一九八五年）

我大吃一惊
——论「长新太①」

我是想当设计师，才从美术学校毕业，但拿起尺和铅笔总是很不安、很不高兴，连个直角都画不好。

我用 2H 铅笔画线，却画得像 2B 画的，线旁还会印上几枚淡淡的黑指纹。

我不是没削铅笔，也不是没洗手。

于是我把尺和 2H 铅笔扔了。

即便扔了，我的未来也不见得有希望。我乱画了一堆烂画，希望也散到乱七八糟的远方去了。

这时，我看了长新太的绘本《伊索寓言》②。

我大吃一惊！ 他用两支笔，一支红色麦克笔和一支紫色麦克笔，把狮子画得歪七扭八。蚂蚁和人类也画得歪七扭八。

---

① 长新太（一九二七—二〇〇五），本名铃木挙治，知名漫画家、绘本家，被喻为绘本界的奇才，一生作品丰富，获奖无数。

② 《伊索寓言》日文版，中川正文译，长新太绘图。

看来像小孩的涂鸦，但这是行家假装小孩，并超越了假装。看似天真无邪，但超越了天真无邪。

我当下认为，长新太是个可怕的人。此人非比寻常，他自己也一定知道自己非比寻常。我认为绘本这种作品不是非比寻常之人画的领域，所以看到非比寻常之人画了非比寻常的绘本，说得夸张一点儿，我觉得日本的未来有希望了。

虽然日本的未来有希望和我自己有希望，完全是两回事，但希望这种东西达成了奇妙的任务。

当我看到长新太歪七扭八的《伊索寓言》而大吃一惊时，我也决定对自己抱持希望了。

接下来让我震惊的是希梅内斯[①]的《小灰驴与我》[②]的插画。

长新太在小灰驴普拉特罗与西班牙小镇的故事里画了许多钢笔画，美得和希梅内斯的文字不分轩轾，几乎达到了诗情画意的境界。

若没有这些插画，我可能不会爱《小灰驴与我》爱到那种程度。

爱到那种程度指的是，我这个既没钱又没闲、连移动身

① 希梅内斯（Juan Ramón Jiménez Mantecón，一八八一——九五八），西班牙诗人，一九五六年获得诺贝尔文学奖。

② 《小灰驴与我》（Platero y yo），又译《小毛驴与我》。内容描述作者与驴子普拉特罗，一同徜徉于乡林田野间，被誉为世上最干净美丽的童话，与《小王子》齐名。

体一厘米都嫌麻烦的人，竟然去了希梅内斯的西班牙故乡，也就是故事舞台的那个小镇。

希梅内斯的家成了纪念馆，玻璃柜里陈列着各国附上插画的《小灰驴与我》译本。

长新太画的插画，比任何国家的版本都美，甚至比西班牙的版本更美，最能贴近希梅内斯的故事。

小镇教堂的尖塔，在夕阳里闪闪发亮。

长新太画的教堂，和希梅内斯描写的教堂，闪烁着同样的光芒。

希梅内斯没看过长新太画的日本版《小灰驴与我》就死了，我真的为他感到惋惜。

然后读到《骑在铁皮便盆上》这篇文章时，我又大吃一惊，捧腹大笑。

我抱着肚子笑到不行。笑完之后，我完全空虚了。因为我明白了真正的荒谬就是空虚。

日本人拼命搞笑耍宝，无论好坏都会留下一些想法。

但长新太的《骑在铁皮便盆上》只留下了空虚。这个空虚中有一丝温暖。

我觉得长新太把读者留在有点儿温暖的空虚里，大概是个冷酷的人。之后我就更怕长新太了。

长新太的画究竟是很厉害还是很烂，很好还是很差，很干净还是很脏，很有力还是很纤细，很可爱还是很可恨，很悲伤还是很快乐，而且拒绝了很多东西。然而这一切都是长新太。

有什么问题吗？没有。我也不知道，就只是画而已，画了就变成这样了。长新太的画就是这样。

用三毫米的笔，点成全开的猪睡午觉的画也是一样。

十几年前，我肤浅地对长新太的《伊索寓言》抱着莫名其妙的希望。那真是大错特错。

如今我看到长新太的画，对自己感到深深的绝望。看着我那经过一番苦战做出来的，摆明只是又丑又蠢的作品，我绝望到很想对着长新太的作品怒吼："你别装傻了！"

没错，长新太的画连一厘米的空隙也没有，彻底装傻，却非常诗意。

我很想称赞他，你把寻常的装傻做得真好。非比寻常的人彻底装傻，是很恐怖的事。然而被装傻愚弄的我，却感到些许温暖。

我很想和长新太画的猪当情侣，一起偷高丽菜，在夕阳余晖的山丘上，大口大口吃高丽菜，以圆滚滚的眼睛相视而笑，手牵手躺在床上，什么都不做就这样睡觉。啊，真是太幸福了。但猪可能会说："少来了，你只是懒惰什么都不想做吧。"猪的创作者笑也不笑地画了狐狸，这只狐狸又来了，说要吃装傻的红萝卜。

我觉得长新太这个人，令人不寒而栗。

我是长新太的粉丝，但若在路上碰到他，我也不敢跟他打招呼。

虽然我也想走到他旁边说"你的画好棒哦"，但在创作出彻底装傻武装的人面前，做出这种野蛮举止，可能会被认为是没神经的人吧。

我既没有能力批评长新太的画，又羡慕他的非比寻常，所以完全不敢置喙。我尊敬三厘米的点，尊敬那只猪，一切都令我尊敬得不得了。

我只是个喜欢三厘米的点，喜欢那只猪，喜欢那些树叶，喜欢那片天空（天空指的是，树叶上方什么都没画的地方）的单纯粉丝。

长新太是云端上的人。

在云端上笑也不笑画出很多装傻的画，只是一直画一直画，从云端撒下来。

（我没和长新太亲密地交谈过，不知道他是笑也不笑的人，还是笑容满面的人。只是看他的画，擅自如此认为。）

"虎五郎"吃的肉包一定更好吃
——小泽正《醒醒吧，虎五郎》①

《约定是约定》②

我不知道这是好事还是坏事，我自己创作儿童绘本，但几乎不看别人的作品。所以儿童文学或绘本界的情况如何，我完全不知道。

我整天只想着自己的事，只关注引起我兴趣的事。

十几年前，我还没从事儿童绘本创作时，读到小泽正的《醒醒吧，虎五郎》惊为天人。

《醒醒吧，虎五郎》以天衣无缝的残酷和美味的包子感动了我。最深得我心的是，大快人心的有趣。

从那时起，我成了小泽正的粉丝。

---

① 描绘一只住在山林的小老虎"虎五郎"的短篇集。虎五郎只遵照自己的食欲而活，是一部凸显原始能量与欲求的童话故事。

② 描写一群青蛙来到动物与人类战争后奇迹复兴的城市，向市长索取约定好的费用，因为这个城市是青蛙们用魔法创造出来的。

即使现在我吃肉包也会想，"虎五郎"吃的肉包一定更好吃。

十几年前《醒醒吧，虎五郎》出现在儿童文学界一定像颗震撼弹，简直就是来找碴的。

有一次去附近的朋友家，看到一位留着胡子、很安静的绅士。

安静的绅士经常"哦哦""哦哦"地搭腔，然后稍微离远一点儿又说："我不懂哦。"

安静的绅士说"我不懂哦"的时候，世界忽然变得混沌了起来，然后混沌的世界非常有魅力地站了起来，让人觉得世界依然会难以理解地存在下去，是在鼓励我们好好活下去。这位绅士正是小泽正。

我原本以为《醒醒吧，虎五郎》的作者是个更有精神，像虎五郎那样活力充沛的人，所以小泽先生的安静让我大感意外。但想到虎五郎也确实给了我们很多鼓励，思索作者和书中人物的关系也是一种乐趣。最高兴的是亲眼看到虎五郎的作者，听到他的声音，真是令人心花怒放，开心极了。

昭和十三年（一九三八）生的我，孩提时代吃的是高粱、玉米、地瓜、南瓜。因此我认为所谓的食物就是这种东西，后来情况好转吃到动物性蛋白质时，我大吃一惊以为是在做梦。知道不是在做梦后，萌生很深的罪恶感，希望请求原谅，但是对谁？对什么？我不知道。

　　因此理所当然的，要是小孩说"这块肉"很硬、很难吃，我会火冒三丈。

　　我舍不得丢掉木棉衬衫。木棉和丝做的都舍不得丢。因为我知道木棉和丝在以前有多珍贵，想说等以前那种苦日子再度来临时，再把这些木棉和丝织品改做成漂亮的衣物吧，宛如在为那种苦日子做准备。

　　然而其实是难以摆脱小时候的感觉。那个沾满泥巴的孩提时代，父母根本把小孩放着不管，每天给小孩找吃的就已精疲力尽。对父母而言，活下去就是为了让小孩有东西吃。现在的父母不会养育小孩也是理所当然。

　　在衣食无缺的生活里，根本不知如何以身作则教育小孩。

　　自己的成长过程和已经成为中产小康的自己之间，产生了撕裂，有时看到白米饭会大吃一惊。这个可以吃吗？

　　昭和十二年（一九三七）生的小泽先生，把我们这个世代的感觉，写成了非常生动的童话——虚拟的动物都市故事。

　　《约定是约定》是小泽先生最新的作品，这本果然也很有趣，我一口气就看完了。趣味盎然开心地看完后，又让我感受到这部作品的背后有个混沌的世界。

　　我认为儿童读物只要有趣就好。小孩很懂得享受动物们的骚动。至于故事背后的东西要如何感受，就交给孩子自己吧。

在众多过于合理、正确但无趣的儿童文学中，小泽先生所描绘的有趣且富有人情味的作品，无论对小孩还是大人，都是非常彬彬有礼且诚实的。

动物是，丑丑的、慌乱失措、奸诈狡猾、滑稽，不可恨的。

"哦哦，哦哦，哎呀，我不懂哦。"我在狮子、小猪、狐狸之间，听到小泽先生安静的声音。（一九八三年）

心情会立刻变好的书

——田边圣子① 《请给我风》②

　　我没有当"老小姐"的经验。当年我怕嫁不出去，十万火急就和初吻的男人结婚了。当我心情很差的时候，我会读田边圣子的书。

　　读着读着，读到咬牙切齿的时候，心想早知道就当老小姐。田边圣子一连串的老小姐故事都很有魅力，让人觉得想当个真正的人，必须要有"老小姐"的时期。田边圣子不仅让人心情大好，还教我们很酷的事。哲学家费尽千言万语也不得要领的事（这也有可能是读者太笨了），田边圣子轻易就把

---

① 田边圣子（一九二八—二〇一九），日本小说家，与山崎丰子齐名，并列为日本大阪文学两大女流作家，作品以恋爱小说为主。

② 《请给我风》是《我可以爱你吗？》的续集。《我可以爱你吗？》描写一位职场女强人齐坂董，三十四岁依然单身，情绪起伏很大，时而亲切可人，时而歇斯底里，旅行时遇见一名小她一轮的大学生矢富，不知不觉坠入情网。到了续集《请给我风》，齐坂董与矢富约好一年半不同居不结婚，过着快乐的日子，但后来在朋友的介绍下，齐坂董认识了中年绅士伊豆，遂周旋在两个男人之间。

它塞进男女爱情罗曼史。

比起高尚的话题，他更想取悦我走投无路的命运。

你不知道每个人活着都在假笑吗？

就算这样，你也不可以认为只有你最倒霉、最累哦。

……我是这么想，但如果搞错了，你可要原谅我哦。

够聪明的人，懂得要说蠢话。笨蛋才会把话说得很聪明。

我不是要惹你不高兴，只是我清醒了。现实总是会让人
清醒。

虽然下贱，但真心话通常是下贱的。

相处得很顺利，只是还没露出自己的缺点。有个不用露
出缺点就能糊弄过去的对象真是开心的事啊。

天堂和地狱不是隔着一道门，而是一片用两三根绳子绑
的暖帘。

家庭主妇认为一个人怎么可能快乐，这种死心眼是很可
怕的。

学校毕业后立刻结婚的女人或许很纯真，但缺乏东看看、
西看看的谨慎方向感，凭着自己的信念就冲过去。不过正因
如此，这种女人才更能养小孩。

有个说要来接你就立刻来的男人，这样的女人是幸福的。

被当妈宝疼的男人，要他去疼爱女人比较难，因为他已

经习惯别人疼爱他。

　　总之，女人再怎么惊慌失措也不会说出实情，实情就包在那边的纸里放着不管就好了，被人问到就说不是放在那里吗，去找就有了呀。

　　以上是从《我可以爱你吗？》的续集《请给我风》里摘录出来的句子。故事是描写三十五岁的老小姐和小她十二岁的恋人的罗曼史，田边圣子在这里教了我们很多活着的基本乐趣。女主角是个相当阴险狡猾且干练的职业妇女，把男人放在天平上衡量利弊得失，在酷酷的中年男人和小她十二岁的男人之间转来转去，虽然这样做会令人不齿，但她的心情经常是正直的，所以真的既潇洒又可爱。

　　读着读着，我自己也迷惘起来，一会儿觉得这个好，一会儿又觉得，不，中年男人比较好，但不会觉得女主角很下流。

　　女主角即便贪得无厌，但最后选择了"这个声音好好听，真好听，什么时候听都觉得好好听，真的好喜欢"的年轻男子，这种结局非常浪漫，也很实际。

　　每次我读田边圣子的小说，都觉得很庆幸，庆幸自己没有高贵的出身，庆幸自己不是高贵的美女，不是高贵的天才。一方面也提醒自己要小心谨慎地努力奋斗，讲话不要太冲，一定要睁大眼睛认清现实，把看到的事情辛辣地放在心里，也要收放自如地操弄花言巧语，想要的东西要确实弄到手，这样说不定会发生浪漫的事情，总是如此充满了希望。

田边圣子小说里的女人很可爱，男人无论年轻的、中年的都很有魅力。

虽然我错过了当老小姐的机会，但也觉得当老小姐挺不错的。不知道男人读了有何感想。

无论怎样的男人，俊美的青年或酷酷的中年男人，田边圣子都好像在摸着他们的头说："好孩子，真是好孩子。"那样地疼爱他们。

要是男人读了心情也大好，田边圣子就真的太伟大了。今天我也读得很开心。

明天来读高桥和子①的《寂寞的女人》彻底变郁闷吧。这是出身不高贵的人的特权哟！（一九八三年）

---

① 高桥和子（一九三二—二〇一三），日本小说家、翻译家。《寂寞的女人》为短篇集，分别是《寂寞的女人》《告知》《狐火》《吊桥》《不可思议的缘分》，描写未婚、已婚、寡妇、老人等不同状况的女人的孤独。

爱人是一种能力

——亨利·米勒①的情书

　　说来汗颜，我从小就对别人的日记和信件很感兴趣。小时候当然看过妹妹的绘图日记，还有放学后蹦出来的信件也让我心痒痒的。特别是男生写来的信或明信片，只要被我发现，叫我不伸手拿来偷看，需要很大的努力。

　　另一方面，我却为了藏自己的日记而大费周章。因为日记是不能被别人看到的，也不是给别人看的。

　　稍微长大后，我知道被称为文豪的全集最后一两卷，一定收录了日记或书信类。我觉得小说家真是一门有趣的生意。

　　即便是私人的日记或书信，只要印成铅字就能堂堂正正地看。我很喜欢看俄国那种名字很长的小说家的日记和书信。比起小说，我觉得日记和书信更有趣，这实在很难为情。

---

① 亨利·米勒（Henry Miller，一八九一——一九八〇），美国知名作家，代表作有《北回归线》《南回归线》，以及被称为"殉色三部曲"的《性爱之旅》《情欲之网》《春梦之结》。

即便是人品卑劣，我也非读书信集不可。

我也知道世上有些人很爱写信，例如乔治·桑[①]居然写过三万封信。

如果书信集夹杂了情书，我更是觉得赚到了。此外我也很喜欢看向别人借钱的信。

后来我找到了只收录情书的书信集。世上竟有这种能满足我卑劣之心的东西，我真的乐翻了。长年来我认为情书的极致是《葡萄牙修女的情书》。

被抛弃的女人写给不忠恋人的五封情书，撼动了千万人的心。但即使撼动了千万人的心，却撼动不了那唯一一人，已经变心的恋人的心。这个事实多么不堪、残酷且悲凄。

日前我在书店看到亨利·米勒写给德田浩子的《亨利·米勒的情书》[②]。品行低劣的我立刻贪婪地拜读起来，读完之后，我感动到品行都快得甲上了。

年过七十的大文豪亨利·米勒的热情美到无与伦比，远远超过德田浩子说的如油纸般的皮肤，与过往贫困所侵蚀的肉体。

---

① 乔治·桑（George Sand，一八〇四—一八七六），法国小说家、剧作家。原为男爵夫人，但以离婚收场。她以男性化笔名与装扮引发争议。

② 作者江森阳弘根据德田浩子手边两百五十封亨利·米勒写给她的情书，以及采访浩子与友人的内容为材料撰述而成。据称，德田浩子的两百五十封信都只剩复印件，正本为了生活所需而出售。

衰老的亨利·米勒被东洋的可爱神秘所吸引，每晚步履蹒跚地去德田浩子唱歌的酒吧，期待她心血来潮会给他瞬间的温柔。于是彻夜写情书。但东洋的神秘女孩当他是"恶心的老头"，情书连信封都没拆，依然到处游荡。德田浩子才不理会他是什么美国知名的大文豪。

我被浩子的残酷气到肝肠寸断，但浩子的正直、丝毫不为世间评价所动的强悍也让我很感动。

浩子完全不懂亨利·米勒为什么会爱上她。但是我很了解，也能明白浩子为什么拒绝亨利·米勒。

后来亨利·米勒终于求婚了。浩子毫不掩饰自己的算计，为了拿到美国永久居留权而愿意和他结婚，但要在"没有性爱"的条件下。亨利·米勒答应了这个残酷的条件，而毫不掩饰自己算计的浩子，竟也不可思议地没被碰过。

这让我深深领悟到，"爱"真的是一种能力，并非任何人都拥有亨利·米勒这种爱的能力。

即使从旁人的角度看来是滑稽、悲惨、岂有此理，但我对亨利·米勒拥有狂乱难眠夜晚的幸福与不幸，感到羡慕又嫉妒。

然后就这样到了最后，他连丝毫的爱都没得到过。《葡萄牙修女的情书》是被抛弃的女人，所以她至少还有过相爱的日子。

但亨利·米勒，连遭到抛弃都没有。

若把它当成一个恋爱故事，读的人可能会很火大，觉得这是连一幕爱情戏也没有的无聊作品。再怎么样也不该有那种女人，简直像个不可能的谎言。

但这可是书信，是一个男人，实际写给一个女人的信。事实拥有说服一切的力量。

若要自我辩护的话，我那么喜欢看日记和书信，是因为我还是想被事实的力量打动吧。

读了这本书后，我觉得比起模拟体验，纵使仅是些微，现实的体验一定更浪漫。我过了七十岁以后，也能有亨利·米勒的热情吗？我完全没有自信。

养老院的男女关系，绝对不能挑剔人家皮肤怎么样。

"爱"当然是到死都戒不掉的，但也是极其困难的事。

（一九八三年）

不会毁灭的石头建筑才有的故事
——艾莉森·阿特利 ①《时光旅人》②

我和研究鬼魂寿命的人交谈过。

他说在西洋，六百年前的鬼魂现在也会出现。

而日本的鬼魂，年纪最大的是一百五十年前的。他认为西欧人的执念和饮食生活有关，对于日本鬼魂的短命感到很惋惜。

另一个朋友说，死者为了以鬼魂再度出现在世上，必须在死者之国通过很激烈的竞争。

"死了以后谁都想变成鬼魂出现吧。"我满心想着我要变成鬼魂出现。

"不过死掉的人比活着的人多，要是谁都能以鬼魂出现在这世上，这世上不就充满了鬼魂，所以说，能够以鬼魂出

---

① 艾莉森·阿特利（Alison Uttley，一八八四——一九七六），英国儿童文学家，作品丰富，代表作有《小灰兔》系列、《小猪山姆》《时光旅人》等。

② 《时光旅人》（A Traveller in Time），描述少女佩内洛普为了养病来到一处古老农场，不经意迷路进入十六世纪的庄园，被卷入玛丽女王的事件里，是一部穿越时空的冒险故事。

现的都是精英分子，怎样才算精英分子呢？那就要看你想留在这世上的怨恨有多强。唯有死了还能精力充沛怨恨的人才能通过考试。但考试不是天天有，所以鬼魂一定都会隔几年才会出现哦。"

原来考试地狱在死后也持续着。考不上东京大学没关系，我由衷希望能通过鬼魂的考试。

《时光旅人》的主人翁少女佩内洛普，穿越到苏格兰女王玛丽一世活着的十六世纪进行时光旅行。

和伊丽莎白女王是死对头的玛丽那戏剧性的一生，实在是过于血腥悲剧，就如同我们日本人被"义经"①的传奇色彩所吸引，玛丽女王也挑动了英国人的想象力。

玛丽女王被伊丽莎白女王囚禁在温菲尔德，年轻贵族安东尼·巴宾顿及其一族想把玛丽女王救出来，但计划失败，巴宾顿一族也崩塌了，玛丽女王则被处以极刑。一个活在二十世纪、拥有穿越时空能力的少女，体验了这段故事。

在《时光旅人》里，玛丽一世与安东尼，以及住在城堡里的用人都被描写成亡灵。

故事将拥有穿越时空能力的少女看到的戏剧性十六世纪，与二十世纪的现实重叠，描绘少女时期独特的感觉世界，非

---

① 源义经（一一五九——一一八九），日本平安末期的名将，也是日本人最爱戴的英雄人物之一，一生极富传奇色彩。

常动人心弦。

但是，想到经过四百年还能出现在这世上的死者，玛丽一世可能是鬼魂界的超级精英分子，无论以她堂堂的血统而言，还是因悲惨的生涯与血腥造就的强韧美丽而言。

我不认为玛丽一世现在还能以鬼魂出现，是因为西欧人的执念特别强。

我觉得要看住宅形态而定。即便住在十六世纪建筑里的人死了，但十六世纪的建筑并没有毁灭，依然存在着。

这些建筑承载着许多人悲伤喜乐的历史。

即使慢慢地颓败，但不朽的东西会留下来。

少女为了度过一个夏天，从伦敦来到巴宾顿宅邸，打开一扇门，看见了十六世纪的贵妇人。那栋房子的氛围，还有贵妇人背后的窗户、从窗户看出去的风景，经历这么多年竟然依旧不变。这使得身为日本人的我大为吃惊。

因为这样的舞台，有不会毁坏的石头建筑居中穿线，少女才得以和十六世纪的贵族拥有共同时光的浪漫。住在纸和木头房子里的日本人，只能低头沉吟了。

少女被描绘成拥有人类某种隐藏力量的人，不只是鬼魂那边的能力，还拥有与鬼魂相遇的能力，这也非常令人钦羡。

我认为西洋的鬼魂寿命比较长，是因为它们不会迷路。

若义经走高速公路，不得不出现在水泥大厦里，那可真是悲惨啊。（一九八三年）

蓦然起身，思索八十岁的孤独如何是好

—— 高野文子《绝对安全剃刀》、
谷川俊太郎文／三轮滋绘《奶奶》①

十九岁的某天，我半夜突然醒了，倏地坐起来思索八十岁的孤独怎么办？那简直就像颗棒球，直接击中睡眠的我。那时候，我到八十岁为止的六十年未来，突然中断了，就这样直奔八十岁的孤独。

那时候我怕的并不是死，而是八十岁的孤独。我心神不宁地躺回去，重新盖好棉被，不断告诉自己，接下来的人生要把重心放在对死法的胆量上！要培养胆量！要培养胆量！却不知道什么是胆量又睡着了。那时我没在想哪一天会出现的伴侣，也没想或许会生小孩；更不是想到男人的寿命比较短，或是小孩根本靠不住之类的事。

---

① 谷川俊太郎以孙子的第一人称视点，诉说失智、卧病在床的老人故事。

后来天旋地转的生活开始后，我就没有在半夜醒来了，就这样过了十年，我生了小孩。第一次喂小孩喝母乳时，看着长得像猴子的小孩，使出了浑身力量拼命地吸奶，我突然想到这孩子要怎么度过他八十岁的孤独？这又像颗棒球击中了我。

想到我刚出生像猴子的儿子的八十岁孤独，我不禁潸然泪下。

我把自己的八十岁放在一边，一直为这个刚出生婴孩的八十岁哭泣。即使生了小孩，我依然没能培养出胆量。

然后又被卷入天旋地转的生活，半夜不曾突然坐起来，把小孩抱在腋下扔进托儿所，和长到反抗期讲话毒辣的儿子对战时，我已经没有余裕为孩子的八十岁掉眼泪，当他用低沉的声音嘀咕："你这个死老太婆。"我也大声回敬："你去死啦！"然后到了现在，八十岁的孤独，也没有像棒球袭向我的瞬间了。它已经成为无可动摇的现实，缓缓地逼向前来。仔细想想，瞬间袭来的八十岁孤独，是何等的浪漫啊。

我的朋友几乎都变成精力过分充沛的婆婆，或瘫软无力的痴呆公公。我十九岁的时候，"痴呆"这种事完全超乎我的想象之外。我还一度以为痴呆是一种幽默呢。

现在我害怕的不是八十岁的孤独，而是痴呆。我的伯母罹患脑软化症，五年就退化成五岁的小孩，然后这样死了。

朋友有个非常有气质的祖母，把大便像味噌一样，堆在红色漆器的碗里，令我不寒而栗。

实在没胆量，即使鼓起半吊子的胆量豁出去，把红色漆碗的味噌洗掉的也不是痴呆的我。我拼命看电视里预防老人痴呆的节目，看得目瞪口呆。

即使盯着电视节目猛看，也不能保证我不会罹患脑软化症。

我要介绍两个处理老人痴呆的作品。一个是高野文子作品集《绝对安全剃刀》里的《田边鹤》。

别以为是漫画就瞧不起它。这部作品是我今年读过最具冲击性的作品。一个非常普通的上班族家庭里，有一对中年夫妇，一个十六岁高中女生，一个十一岁男孩，还有一个宛如从以前怀念的画里走出来、留着妹妹头的可爱小女孩。这个小女孩是八十二岁的田边鹤。这个年约五岁、天真烂漫可爱的小女孩，以八十二岁田边鹤的意识活着。家人叫这个五岁小女孩"奶奶"。五岁的小鹤完全是五岁小女孩的可爱模样，但家人并不把她当小女孩看，而是和小女孩不搭界、实际已经痴呆的老人来对待。只是描写一天里几小时的平凡家庭状况，就令人背脊发寒。把八十二岁应该又丑又老的田边鹤，画成留着妹妹头的五岁小女孩，真是美丽的残酷。此外这部作品也显露出，漫画确实能表现其他文类或作品所无法展现的可能性，令我大为震撼。

另一本绘本是《奶奶》。

"奶奶"是已经超越人类变成外星人的奶奶，不是以前绘本中的桃太郎或剪舌麻雀的奶奶 [1]。

绘本传达出这种悲伤与感叹：小时候，妈妈是世界的一切，但以前那个守护小孩的温柔妈妈，已经变成外星人了。且最后一页那句"我也要变成外星人"更震撼了依然停留在人类的我们。绘本和漫画都变了。

[1] 日本童话故事，内容是很久以前在某地住了一对老夫妇，老爷爷对前来玩耍的小麻雀很好，甚至把老奶奶准备浆衣服的糨糊给小麻雀吃，老奶奶很生气就把麻雀的舌头剪了。小麻雀逃回山里后，老爷爷很担心而去山里寻找，小麻雀为了报恩，让老爷爷在大藤笼和小藤笼中选一个，老爷爷选了小藤笼，回家后发现里面装了满满的钱币。老奶奶看了很羡慕，也去山里找小麻雀，并向它道歉，但贪婪的老奶奶选了大藤笼，在回家的路上就打开了，结果出现妖怪、虫子、蜥蜴、蛇等恶心的东西。

后记

今天我的头皮和头盖骨之间哔哔哔地抽痛。一分钟大概会哔哔哔痛个三次，每次痛的时候，眼睛会抽筋，嘴角往上拉，真是很难受。我心想，会不会得了什么脑瘤。昨天腰变得很重很酸，时而还会呼呼呼地喘大气。在此之前，感冒拖了一个月好不了。正常的时候可以睡到地老天荒。去百货公司一下子就累了，还得去咖啡店休息两次，走起路来拖着脚慢吞吞的，对围在拍卖区的中年女人投以钦羡与轻蔑的眼光。

仔细想想，我不记得我有精力充沛的时候。这是常有的事吧，譬如买回来一下子就坏掉的时钟，或是状况很差的缝纫机，我们称之为不良品。而我就是人类的不良品。

即便如此，人们竟也认为我是活动力很强、精力充沛的人，甚至有人问我："你有在做什么运动吗？"

从"有健康的身体才有健全的精神"的思想来看，寄宿在我身体的精神大概是反复无常、歇斯底里、蛮横、自私任性、优柔寡断、爱哭、怠慢，以及其他很烂的精神所建立起来的身体吧。

我的本业是绘本作家，但也有插画家这种头衔，有时受到约稿也会写文章，出了好几本书。不良的身体，寄宿着不良的精神。

我的书卖得不太好，我总觉得买书的都是我周遭认识的人，但有时碰到有人跟我说：

"我读你的书，立刻变得很有精神！得到很大的鼓励！"我相当惊讶。我从没想过我有能力鼓励人，也没傲慢到那种程度。

如果我无意识做出了这种事，或许也只是我在鼓励我和我的身体。为了让这种不良品也能发挥一般的功能，我也得好好鼓励我的身体活下去。但是，这也不是在明确的意识下所做的事，而是我生在这世上，为了继续活下去，不是我的、难能可贵的部分，让我做出了这种事。这个世界既丑陋、荒谬又可恨，但也无限温柔美丽又庄严，美好到令人想正襟跪拜。

我儿子说："虽然我有一点点尊敬母亲，但也轻蔑母亲。""儿子啊，你有个能轻蔑的母亲是你的福气哦，这样你才能踩过轻蔑的母亲而成长呀。要是你照单全收地爱母亲，会变成恋母情结的怪物喔。所以你要感谢我！""我对于有个差劲的母亲，一直心怀感激哦！""谢谢你。"

一九八七年三月末日

佐野洋子

图书在版编目（CIP）数据

我可不这么想 / (日) 佐野洋子著;陈系美译. --
北京：北京联合出版公司, 2021.4（2021.5重印）
ISBN 978-7-5596-4740-5

Ⅰ.①我… Ⅱ.①佐… ②陈… Ⅲ.①随笔 – 作品集
– 日本 – 现代 Ⅳ.①I313.65

中国版本图书馆CIP数据核字(2020)第232981号

北京市版权局著作权合同登记号　图字：01-2020-7037

Original Japanese title: WATASHI WA SOU WA OMOWANAI by YOKO SANO
Copyright © JIROCHO, Inc. 1996
Original Japanese paperback edition published by Chikumashobo Ltd.
Simplified Chinese translation rights arranged with Chikumashobo Ltd.
through The English Agency (Japan) Ltd. and Shanghai To-Asia Culture Co., Ltd.
本书中文译稿由成都天鸢文化传播有限公司代理，经木马文化事业股份有限公司授权使
用，未经书面同意不得任意翻印、转载或以任何形式重制。

我可不这么想

作　　者：（日）佐野洋子
译　　者：陈系美
出 品 人：赵红仕
责任编辑：管　文
策划编辑：刘　平　王慧敏
封面设计：黄柠檬

北京联合出版公司出版
（北京市西城区德外大街 83 号楼 9 层　100088）
北京时代华语国际传媒股份有限公司发行
北京中科印刷有限公司印刷　新华书店经销
字数150千字　880毫米×1230毫米　1/32　9印张
2021年4月第1版　2021年5月第2次印刷
ISBN 978-7-5596-4740-5
定价：49.80元